Thomas Kowa und Christian Purwien

**Tausche Ehe minus gegen Freundschaft plus**

AF221397

Thomas Kowa und Christian Purwien

**Tausche Ehe minus gegen Freundschaft plus**

**Bibliografische Information der Deutschen National-bibliothek:**
Die Deutsche Nationalbibliothek verzeichnet diese Publikation in der Deutschen Nationalbibliografie; detaillierte bibliografische Daten sind im Internet über http://dnb.dnb.de abrufbar.

Lektorat: Nadine Buranaseda, typo18, Bornheim
Satz: Gitte Diener, typo18, Gelnhausen
Cover: Marcel Schlepp, Creacepta, Düsseldorf

Herstellung und Verlag: BoD – Books on Demand, Norderstedt
ISBN: 978-3-7528-6269-0

*Schwierig ist es bloß, den Mann zu finden, dem man treu sein kann.*
Marlene Dietrich, deutsche Schauspielerin

## 01 Ludwigshafen, 31. Oktober

»Ich bin Manfred, arbeite bei der Staatsanwaltschaft in Karlsruhe, und meine Hobbys sind Kegeln und Couchfisting.«

Manfred blickte mich so stolz an, als würde er eine Spezialeinheit zur Rettung von Katzenbabys leiten. Er war bestimmt zehn Jahre älter als ich, zehn Kilo dicker, doch sein IQ zählte mindestens zwanzig Punkte weniger als der meines bisher schlimmsten Dates.

Von meinem IQ ganz zu schweigen.

Da ich die große Liebe suchte, war das eine denkbar ungünstige Voraussetzung. Aber so schnell wollte ich nicht aufgeben.

Heute nicht.

»Couchfisting?«, fragte ich und wusste sofort, dass es ein Fehler war.

Manfred strahlte. »Na, ich steck meine Faust in die Couchritze und stell mir vor …«

Ich stand auf. Das wollte ich mir ganz bestimmt nicht vorstellen.

»Am liebsten hab ich die Ostermann *Wattenscheid*. Da kommst du auch gut von unten rein.«

Ich ließ ihn stehen, ohne mich zu verabschieden.

»Hey, das geht auch in edel, also die Lignet Rose *Multy*, ich sach dir …«

Ich lief schneller.

»Ich baue gerne mal einen Spannungsbogen auf, so erst mit Handschuhen …«

Ich rannte so schnell, mein langes blondes Haar überholte mich beinah. Okay, vielleicht lag das auch am Rückenwind, in Physik war ich immer schon phänomenal unbegabt gewesen.

»Entjungfert wurde ich auf der Ikea *Stockholm* …«

Ein Bus hielt an, und ich stieg ein, keine Ahnung, wo der hinfuhr, Hauptsache weg von diesem Verrückten.

Kaum war der Bus losgefahren, schrieb Manfred mir über Tinder.

*Falls du moralische Bedenken hast, kann ich die entkräften. Ich führe nämlich eine halboffene Ehe. Also ich eine offene und meine Frau weiß von nix.*

Ich blockierte ihn und legte das Handy beiseite.

Schade, sein Foto hatte ganz nett ausgesehen, inhaltlich war er allerdings – wie die meisten Männer bei Tinder – eine Katastrophe.

Wobei das nicht nur für Tinder galt. Warum redeten Männer immer von den inneren Werten bei Frauen, meinten damit jedoch bloß das möglichst tiefe Dekolleté?

Und warum ist der einzige innere Wert, der Männer bei sich selbst interessiert, der Promillepegel?

Bei dem zählten allein die recht groben Abstufungen zwischen fahrtüchtig, fahruntüchtig, aber ich fahr trotzdem und Weltrekord.

Dennoch, ohne das männliche Geschlecht ging es nun mal nicht. Ich nahm wieder mein Handy, wischte ein paar Männer weiter und ließ sie im wahrsten Sinne des Wortes links liegen.

Ich kam zu einem Mann, dessen Oberkörper nur aus Bauch bestand, und wischte schneller.

Natürlich war es nicht fair, Männer nach Äußerlichkeiten zu beurteilen, andererseits lief das umgekehrt auch nicht anders.

Meine Doktortitel in Philosophie, Kybernetik und vergleichender Literaturwissenschaft hatten bisher noch jeden Mann weniger beeindruckt als ein Minirock.

Gut, dass ich die Doktortitel erfunden hatte, nicht auszudenken, ich hätte wirklich Jahre mit einer Promotion oder einem Studium verschwendet, um am Ende am Herd zu stehen.

Das Erschreckende daran war, dass mir bloß ein einziger Mann hatte nachweisen können, dass ich keine Kybernetik studiert hatte.

Natürlich war er schwul.

Nichtsdestoweniger hatte ich mir vorgenommen, heute mindestens zwei weitere Männer zu treffen, bevor ich Plan C aktivierte.

Denn der war hochriskant, aufwendig und ein wenig anrüchig. Und er würde mein Leben verändern, für immer.

Danach gab es keine Ausrede mehr.

Doch bevor ich Plan C umsetzte, musste ich mir absolut sicher sein, dass es auf normalem Weg nicht funktionierte.

*Ich bin Profi. Ich stelle nach Schwanzlänge auf.*
Imke Wübbenhorst,
erste Profifußballtrainerin einer Männermannschaft

## 02 Ludwigshafen, 31. Oktober

Ich wischte mich weiter durch die Männerwelt Ludwigshafens und blieb bei Robert hängen.

Zwei Jahre jünger als ich, schöne Grübchen, maßgeschneiderter Anzug, Nikotinchic.

Das konnte von Vorteil sein, schließlich starben Raucher schneller, und ich würde ihn nicht bis an mein Lebensende pflegen müssen.

Andererseits, wäre es nicht der größte Liebesbeweis, wenn er mir zuliebe mit dem Rauchen aufhören würde?

Ich wischte nach rechts und war gerade mal drei Männer weiter, als Robert das Gleiche tat.

Tinder nannte es einen »Match«, und manches Mal erinnerte mich das tatsächlich an ein Spiel.

Offensichtlich fanden wir uns beide gegenseitig attraktiv, denn nur dann konnte man bei Tinder miteinander chatten.

Wir schrieben ein paar Belanglosigkeiten und stellten schnell fest, er übernachtete ganz in der Nähe in einem Hotel. Er war Buchhalter, wenn er das zugab, hieß es immerhin, dass er ehrlich war.

Oder er hatte einen noch peinlicheren Beruf wie Tierfuttertester, Geflügelgeschlechtsbestimmer oder Dixie-Klo-Entleerer.

Um das und anderes herauszufinden, trafen wir uns kurzerhand in seiner Hotelbar.

Sein Anzug saß so gut wie auf dem Foto, und er hatte ein schüchternes, aber nettes Lächeln.

»Ich bin nicht so gut in Smalltalk«, sagte er und roch dabei mehr als ein wenig nach Tabak. »Daher gleich die wichtigste Frage: Möchtest du die hundertvierundzwanzigste Frau sein, mit der ich Sex habe?«

Ich schluckte.

»Wobei ich fünfzehnmal gekommen bin, bevor es richtig losging, und elfmal … Na ja, man wird ja auch nicht jünger.«

Ich stand auf. Offensichtlich war er wirklich Buchhalter, ich wollte jedoch keine Nummer auf einer Liste sein.

Ich ging, zückte mein Smartphone, blockierte Robert und wischte weiter.

Schon immer hatte ich geahnt, dass Tinder nichts für mich war. Allerdings hatte ich meiner besten Freundin Christine versprechen müssen, die App zu installieren, um davon wegzukommen, ständig die große Liebe zu suchen.

Doch hier fand ich nicht mal die kleine.

Damit ich Christine – und mir selbst – beweisen konnte, alles versucht zu haben, brauchte ich heute Nacht noch einen Mann.

Einigermaßen gut aussehend, nett, intelligent. So schwer konnte das nicht sein.

Bevor ich vom Wischen eine Sehnenscheidenentzündung bekam, erblickte ich ihn. Bernd, Bodybuilder, Mitte vierzig, Student der Kommunikationswissenschaften.

Das war zumindest ungewöhnlich. Er sah offensichtlich, dass ich ihn favorisiert hatte, und tat es mir nach.

Wieder ein Match.

Wir verabredeten uns in einer Cocktailbar. Nach dem Begrüßungsküsschen legte er seinen Porscheschlüssel auf den Tisch, als wäre dafür kein Platz in seiner Hose.

Ich hasse Männer, die sich über ihr Auto definieren, je teurer der Wagen, desto häufiger ist das der Fall.

Okay, wer will sich schon mit einem Fiat Punto identifizieren? Ich muss zugeben, das würde mir bei einem Porsche leichter fallen.

Trotzdem, es gibt nicht umsonst das Vorurteil, dass ein schnelles und möglichst großes Fahrzeug eine Schwanzverlängerung darstellt. Wobei ich die Frage viel spannender finde, welche Männer eigentlich einen Mini fahren.

Doch Bernd fuhr nun mal Porsche. Immerhin hatte er ein markantes Gesicht, so redete ich mir jedenfalls schön, dass seine Augenbrauen aussahen wie Marsriegel. Seinen Bildern nach zu urteilen, besaß er jedoch ein Sixpack und war nicht so aufgepumpt wie die meisten Bodybuilder, also gab ich ihm eine Chance.

Denn würden mich nur die inneren Werten interessieren, müsste ich zwangsläufig lesbisch werden.

Bernd setzte sich neben mich, sein Parfüm war ein wenig aufdringlich, aber besser so als bei Aschenbecher-Robert.

Auf seinen Unterarmen standen irgendwelche Sinnsprüche, als würde er seine Arme für Abrisskalender halten. Die Tätowierer von heute hatten keinen Anstand mehr, gegen Geld tätowierten die jede Mülltonne oder, noch schlimmer, Paulo-Coelho-Zitate.

Ach, das Leben ist ein einziger Kompromiss.

»Du studierst Kommunikationswissenschaften?«, fragte ich.

»Wollte noch mal was Neues machen«, antwortete er.

Das klang für mich mehr danach, als hätte er in der Volkshochschule aus Versehen einen Bauch-Beine-Po-Kurs belegt.

»Und du bist Single?«, wollte er wissen.

»Nein, ich bin verheiratet.«

Er lupfte einen Marsriegel. »Was machst du dann bei Tinder?«

»Hab vor einer Woche die Scheidung eingereicht und suche jetzt …« Es klang kitschig, aber ich musste ehrlich sein. »Na ja, ich suche die große Liebe.«

Er lupfte schon wieder einen Marsriegel, diesmal den anderen. »Und darunter machst du es nicht?«

Ich ignorierte die Doppeldeutigkeit seiner Frage, schließlich hatte ich im Gegensatz zu ihm nicht Kommunikationswissenschaften studiert.

»In meiner Jugend habe ich übrigens Neil Postman gelesen«, sagte ich.

Er blickte mich an, als hätte ich ihn gerade gebeten, mir die Relativitätstheorie zu erklären.

Was recht aussagekräftig war, denn Neil Postman war nun mal der bekannteste Kommunikationswissenschaftler der Welt, wie ich vor unserem Date bei Wikipedia recherchiert hatte.

»Ich amüsiere mich gern«, fuhr ich fort. »Aber nicht zu Tode.«

Jetzt lupfte er beide Marsriegel, was darauf hindeutete, dass er das bekannteste Werk der Kommunikationswissenschaft ebenso wenig kannte.

Bernd war also ein Aufschneider.

Das war per se nichts Schlechtes, doch gab es intelligente Aufschneider, und es gab die anderen.

Ich erinnerte mich an den kürzesten Intelligenztest der Welt, über den ich mal in einer Frauenzeitschrift gelesen hatte. Er bestand nur aus drei Fragen, und natürlich hatte ich ihn mit Bravour bestanden.

Jedenfalls nachdem ich mir die Antworten angeschaut hatte.

»Ich kenne da ein kleines Quiz«, sagte ich. »Also pass auf,

ein Schläger und ein Ball kosten zusammen einen Euro zehn Cent. Der Schläger kostet einen Euro mehr als der Ball. Wie viel kostet der Ball?«

»Äh, na, zehn Cent.«

»Wenn der Schläger einen Euro mehr kostet, würde er allein schon einen Euro und zehn Cent kosten, oder?«

»Was?«

*Bevor hier jetzt jemand den Taschenrechner rausholt, die richtige Antwort lautet: Der Ball kostet fünf Cent, der Schläger einen Euro und fünf Cent, macht zusammen einen Euro zehn. Ich bin übrigens Christine Purwien, die Frau, die alles kommentiert, korrigiert und konterkariert, was Tomasa so von sich gibt.*
*Christine*

Die anderen beiden Fragen konnte ich mir wohl sparen. Vielleicht war das auch der falsche Ansatz.

»Was würdest du wählen? Die wahre Liebe oder einen Sechser im Lotto?«, fragte ich stattdessen.

»Den Sechser im Lotto.« Bernd antwortete so schnell, dass es ehrlich sein musste. »Und du?«

»Ich war nie sonderlich an Geld interessiert.«

»Jetzt hab ich ebenfalls eine Frage«, sagte er und nahm meine Hand. »Bringst du mich wie mein Porsche in drei Sekunden von null auf hundert?«

Nun lupfte ich eine Augenbraue, denn ich befürchtete, dass er danach genauso schnell wieder bei null landete. Man kennt ja diese Bodybuilder, bei denen jeder Muskel riesig ist, bis auf den einen, auf den es ankommt.

»Ich geh dann wohl besser«, sagte ich und stand auf.

»He, warte doch mal.«

Ich wartete nicht. »Sorry, meine Zeit ist zu kostbar für Typen wie dich.«

Kaum hatte ich die Hotelbar verlassen, vibrierte mein Smartphone. Eine Nachricht von Bernd bei Tinder.

*Ich bin eine Granate im Bett!*

*Wer das behauptet, stellt sich meist als Rohrkrepierer heraus,* tippte ich und blockierte ihn.

Daheim angekommen, legte ich mich ins Bett.

An Schlaf war allerdings nicht zu denken. Ich verstand die Männer einfach nicht!

Als ich dennoch ganz Tinder leer gewischt hatte, ging ich an unsere Bar, nahm den vierunddreißig Jahre alten Macallan meines zukünftigen Ex-Manns und schenkte mir das Glas randvoll.

Den ersten Schluck goss ich seiner Yuccapalme ein, nur um ihm zu beweisen, dass er keinen grünen Daumen hatte. Den zweiten genehmigte ich mir selbst.

Es wurde höchste Zeit, hier rauszukommen, das war keine Ehe, das war ein Gefängnis.

Es war eine Ehe minus.

Doch ich wollte die wahre Liebe.

Die würde ich bei Tinder nicht finden, soviel war jetzt klar.

Also war es Zeit für Plan C.

## 03 Ludwigshafen, 31. Oktober

Ich nahm mein Telefon und wählte die Nummer meiner besten Freundin Christine. Sie meldete sich sofort, kein Wunder, auch sie war unglücklich verheiratet.

»Weißt du noch, wie wir damals auf Ibiza gewesen sind?«, begann ich, weil ich wusste, dass sie die Vergangenheit genauso verklärte wie ich. Schließlich waren wir dieses Jahr beide vierzig geworden, da war es nun mal schöner, in der Vergangenheit zu schwelgen, statt in die Zukunft zu schauen. »Und erinnerst du dich noch an Las Vegas?«

»Ich hab meine musikalische Karriere beendet«, antwortete sie. »Und du weißt genau, dass es sinnlos ist, mich vom Gegenteil zu überzeugen. Wir veröffentlichen unser neues Album, und das war es dann.«

»Und für die Promotion des Albums gehen wir zusammen auf Chinatournee. Peking, Shanghai, Hongkong.« Ich strahlte ins Telefon. »Was meinst du?«

»Hans lässt mich niemals gehen, er wird immer so depressiv, wenn er morgens nicht seine beiden weichgekochten Bioeier bekommt. Und vom Abendessen rede ich gar nicht erst.«

»Ich denke, du hast die Scheidung eingereicht?«

»Deswegen darf ich mir erst recht keine Fehler erlauben.« Sie seufzte. »Immerhin geht es um das Sorgerecht für Hugo.«

Hugo war der Rauhaardackel von Christine, und ich musste zugeben, er war wirklich knuddelig, liebenswert und treuherzig.

Und das, obwohl er ein Mann war.

Wobei Hunde ohnehin intelligenter sind als Menschen, schließlich akzeptieren sie weibliche Führungskräfte und haben nicht den ganzen Planeten mit Autobahnen, Chemiefabriken und Atomreaktoren überzogen.

»Wenn du Hugo mit nach China nimmst, entwöhnt er sich von deinem zukünftigen Ex-Mann«, sagte ich.

»Einen Hund mit nach China zu nehmen, ist ja wohl ähnlich bescheuert wie eine Maß Bier aufs Oktoberfest. Die überlebt keine fünf Minuten.«

»Das ist nur der übliche westliche Kulturimperialismus«, entgegnete ich. »China ist ein modernes Land. Die essen keine Hunde. Höchstens Schlangen und Spinnen und Kakerlaken, weil die viel nahrhafter sind als Chicken McNuggets.«

»Alles ist nahrhafter als Chicken McNuggets, selbst die Kartonbox, in der sie stecken. Außerdem lenkst du ab. Es gab doch damals diesen Dokumentarfilm. *In China essen sie Hunde.*«

»Das war kein Dokumentarfilm, sondern eine dänische Actionkomödientragödie, großartiger Film, Tarantino wäre stolz darauf.« Ich winkte ab. »Im ganzen Film wurde kein einziger Hund gegessen.«

»Ein Beweis ist das noch lange nicht!«

»Stimmt, dann sind wir uns ja einig«, sagte ich. »Der Flug geht morgen um fünf Uhr nachmittags.«

Christine schnaufte auf. »Bist du ein Mann, dass du glaubst, über mein Leben bestimmen zu können?«

»Natürlich nicht«, widersprach ich. »Aber weißt du noch, wie wir damals in den fünf neuen Ländern gespielt haben, kurz nachdem die Mauer gefallen ist?«

»O ja«, seufzte Christine. »Es war wie eine Entjungferung

auf der Bühne. Für das Publikum war alles neu, sie waren wie frisch verliebt.«

»Und jetzt schau dir heute mal ein Konzert selbst der besten Liveband an. Alle sind mehr oder weniger gelangweilt, egal ob sie oben auf der Bühne stehen oder unten im Publikum. Und von denen auf den Sitzplätzen rede ich besser gar nicht. Man tänzelt ein bisschen herum, trinkt zwei Bier, um in Stimmung zu kommen, und ruft am Ende laut ›Zugabe‹, weil der eine Song bisher nicht gespielt wurde, auf den man wartet. Selbstverständlich wird der dann trotzdem nicht gespielt.« Ich legte ein wenig Verzweiflung in meine Stimme. »Ich will mal wieder vor Publikum spielen, das nicht übersättigt ist, sondern enthusiastisch.«

»Und warum ausgerechnet China?«

»Weil dort alles aus dem Westen cool ist. Das ist wie damals in der ehemaligen DDR. Also was ist, bist du eine Memme, oder bist du eine mutige Frau?«

»Ich kann hier nicht weg«, sagte sie. »Es tut mir leid.« Und dann legte sie auf.

*In unserer hektischen Welt muss man ab und an innehalten,*
*um sich in aller Ruhe etwas Unanständiges auszudenken.*
B. Traven, Pseudonym eines deutschen Bestsellerautors

## 04 Ludwigshafen, 31. Oktober

Ich war schon als Kind stur gewesen, so hatte ich mich in der ersten Klasse geweigert, dem Nikolaus etwas vorzutragen, weil ich fand, dass man das Auswendiglernen von irgendwelchen Gedichten nicht mit Unmengen von Süßigkeiten belohnen sollte.

Genau genommen hatte ich es total verschwitzt, etwas auswendig zu lernen, aber dank meiner Intervention hab ich damals trotzdem Süßigkeiten bekommen.

Und die Kinder, die etwas auswendig gelernt hatten, fanden plötzlich nur Mandarinen und Erdnüsse in ihren Nikolausstrümpfen.

Moralische Überlegenheit siegt eben immer. Jedenfalls wenn sie mit Egoismus gepaart ist.

Also gab ich auch jetzt nicht auf, sondern rief Christine erneut an.

Natürlich mit unterdrückter Rufnummer, sonst wäre sie ja nie rangegangen.

»Ich bin's noch mal«, meldete ich mich. »Die Leitung war irgendwie gestört.« Es ist immer gut, dem Gegenüber einen Ausweg anzubieten. »Hugo fliegt mit uns, der muss nicht in den Frachtraum.«

»Das ist ja wohl das Mindeste.«

Bei manchen Flügen nach Mallorca zwischen ein paar besoffenen Kegelklubs wäre ich zwar im Nachhinein lieber im Frachtraum geflogen, das behielt ich jedoch besser für mich.

Immerhin diskutierten wir jetzt wieder über den Flug.

»Also wegen Hugo musst du dir schon mal keine Gedanken machen«, redete ich weiter. »Ich verspreche dir, wir lassen ihn keine Sekunde aus den Augen.«

Christine räusperte sich. Das machte sie immer, wenn es etwas Unangenehmes zu beichten gab. »Ich hab kein Geld, das reicht nicht mal mehr, um Steuern zu hinterziehen.«

»Das ist bei mir nicht anders.«

»Ja, bei mir ist bloß totale Ebbe. Meine letzte Geschäftsidee hat nicht zu hundert Prozent funktioniert.«

Ich schloss die Augen. »Du bist mal wieder pleite.«

»Yep«, erwiderte Christine. »Mein zwanzigster Bankrott, auch irgendwie ein Jubiläum.«

»Was war es diesmal?«

»Purwieni-Sticker.«

»Was, Panini-Sticker?«

»Nein, Purwieni, wie Purwien.« Sie seufzte. »So Sammelsticker eben.«

»Und was war darauf abgebildet? Fußballer? Die Chippendales? Die Jungs mit Sixpack, aber ohne Hirn, die der Bachelorette im Fernsehen hinterhersteigen?«

Christine räusperte sich schon wieder. »Es waren … Ach, ist doch egal, ich bin pleite, reicht das nicht?«

»Du bist meine beste Freundin«, sagte ich. »Wem willst du es erzählen, wenn nicht mir?« Ich bin nämlich nicht nur stur, sondern auch verdammt neugierig. »Ich sag es ganz bestimmt nicht weiter.«

*Du bist eine verdammte Tratschtante. Hätte ich gewusst, dass du das in einem Buch mit Millionenauflage verbreitest, hätte ich dir es nie erzählt!*
*Christine*

*Keine Angst, wahrscheinlich sind die Einzigen, die das Buch*
*lesen, die Lektorin und wir beide.*
*Tomasa*


»Also gut«, sagte Christine. »Ich hab Zigarettenwarnbilder
zum Sammeln verkauft.«

»Wer soll die denn, bitte schön, sammeln?«

»Das war der Vorschlag einer künstlichen Intelligenz, also
hab ich es nicht infrage gestellt …«

»Welche künstliche Intelligenz?« Ich ahnte das
Schlimmste. »Deep Blue? Ein chinesischer Superrechner?
HAL 9000?«

»Die künstliche Intelligenz meinte, das seien die meist-
gedruckten Bilder der Welt, also gebe es offensichtlich eine
riesige Nachfrage und …«

»Das klingt nicht nach künstlicher Intelligenz, das klingt
nach künstlicher Dummheit. Lass mich raten, du hast Siri
nach einer Geschäftsidee gefragt.« Ich seufzte auf. »Oder
Alexa? Warum nicht gleich Anna von IKEA?«

Christine atmetet hörbar durch die Nase. »Siri meinte, sie
sei sich absolut sicher.«

»Donald Trump war sich ebenfalls absolut sicher, dass
Belgien eine Stadt ist.«

*Und das ist auch so! Alles andere sind Fake News!*
*Donald Trump*


»Ich bin aber kein US-Präsident und kann irgendjemanden
bescheißen, um mir mein Geld zurückzuholen. Also kann
ich nicht mitkommen.« Sie seufzte. »Mach's gut, ich …«

»Das Goethe-Institut bezahlt alles.«

Ich konnte Christines ungläubigen Gesichtsausdruck
beinah durchs Telefon sehen.

»Falls wir jemals entdeckt werden, hätte ich eher an das Harald-Glööckler-Institut gedacht oder an die Minderbegabtenhochschule in Bochum-Langendreer.«

»Es ist aber das Goethe-Institut«, erwiderte ich. »Vielleicht ist ihnen aufgefallen, dass sie die letzten hundert Jahre nur Männer gefördert haben oder Bands, die ausschließlich auf Englisch singen, jedenfalls sind wir jetzt an der Reihe.«

»Und warum hast du mir das nicht gleich erzählt?«

»Es sollte eine Überraschung sein.«

»Und wie willst du die ganzen Synthesizer nach China bringen?«

»Ich beschränke mich auf das Nötigste, zwei, drei Koffer …«

*Alle Keyboarder, die ich kenne, leiden unter Synthesizer-sammelwut und stellen daher stets die ganze Bühne mit ihrem Krempel voll, selbst wenn alles bloß vom Band kommt.*
*Christine*

*Das liegt daran, dass wir im Showbusiness sind, also muss man zeigen, was man hat.*
*Tomasa*

*Mit dem Argument kannst du gleich eine Stange auf die Bühne stellen und nackt auftreten.*
*Christine*

»Trotzdem!« Christine seufzte. »Das sind bestimmt vierzehn Stunden Flug, eingepfercht wie Hühner in der Legebatterie. Und dann die Flugscham erst, heutzutage muss man sich ständig rechtfertigen, dass man fliegt, statt zu Fuß zu gehen. Und wenn ich das Essen im Flugzeug in höchsten Tönen loben müsste, würde ich sagen, es ist Mikrowellenfraß.«

Sie räusperte sich erneut, und mir schwante Schlimmes.

»Und wo soll Hugo unterwegs sein Geschäft machen? Ich hab noch nie ein Flugzeug mit Laternen gesehen. Soll er an jede Sitzbank pinkeln, oder was?«

Christine atmete tief ein, sie war kurz davor, sich wieder zu räuspern. Das musste ich verhindern.

»Hör mal auf deine innere Stimme.«

Sie schnaufte. »Meine innere Stimme ist gerade heiser.« Dann räusperte sie sich doch. »Aber gut, dann sage ich dir mal, was ich denke: Wer fliegt heute noch in Zeiten des Klimawandels?«

»Alle«, antwortete ich. »Außer Greta.«

»Umgekehrt wäre besser. Wäre sie wie Jesus, könnte sie alle Sünden der Welt auf sich nehmen.«

»Das hat ja schon bei Jesus super geklappt, seitdem gab es ja überhaupt keine Sünde mehr in der Welt, richtig?«

»Lenk nicht ab«, sagte Christine. »Fliegen ist schlecht für die Umwelt.«

»Ja, ist gut, mir wachsen schon Flugschamhaare, zufrieden?«

*In diesem Moment wurde mir klar, dass die Flugscham nur ein billiges Ablenkungsmanöver jener Industrien ist, die deutlich mehr $CO_2$ ausstoßen als die vier Prozent, die der weltweite Flugverkehr verursacht.*

*So bekommt jeder Normalo gleich mal den schwarzen Peter zugeschoben und soll sich schuldig fühlen. Der gemeine Bürger – und vor allem die Jugend – soll, bitte schön, erst mal auf alle Flüge verzichten, bevor das Braunkohlekraftwerk abgeschaltet, der Diesel steuerlich nicht mehr gefördert und der Regenwald nicht mehr gerodet wird.*

*Natürlich könnte man einfach die Steuerfreiheit für Kerosin abschaffen, statt dem Bürger ein schlechtes Gewissen einzu-*

*reden, doch auch das wird erfolgreich von diversen Lobby-*
*gruppen verhindert.*
*Christine*

*Ähem, das ist ein Liebesroman und keine politische Abhandlung.*
*Beim nächsten Kommentar schreib bitte etwas herzergreifend*
*Schönes, zum Beispiel über Tierbabys.*
*Tomasa*

*Gerne. Ein Giraffenbaby fällt bei der Geburt erst mal aus zwei*
*Metern auf die Fresse. Da merkt es gleich, wie die Welt so ist.*
*Christine*

»Außerdem sind wir keine Teenies mehr, wir versuchen es seit fünfundzwanzig Jahren als Musikerinnen – wir waren nie erfolgreich und werden es nie sein.«

»Du magst ja recht haben«, entgegnete ich. »Aber du hast in deiner ganzen Argumentationskette einen wesentlichen Punkt übersehen. Wir fliegen First Class.«

Christine schnappte nach Luft, und in dem Moment wusste ich, die Sache war entschieden.

*Für jedes komplexe Problem gibt es eine Antwort,*
*die klar, einfach und falsch ist.*
Henry Louis Mencken,
amerikanischer Schriftsteller und Satiriker

## 05 Frankfurt, 1. November

Erst als wir das Flugzeug nach Peking bestiegen, war ich überzeugt, dass Christine keinen Rückzieher mehr machen würde.

Wenn Männer eine Entscheidung treffen, bleiben sie dabei, selbst wenn das ihren Untergang bedeutet. Frauen hingegen wägen ständig neu ab, lassen ihr Bauchgefühl mit einfließen, genau wie jede neue Erkenntnis und alle Fakten, die man vielleicht bei der initialen Entscheidung nicht berücksichtigt hat.

Okay, manche übertrieben es auch, konsultierten ihr Horoskop oder, noch schlimmer, ihren Partner oder Ehemann und fliegen in der Folge ordentlich auf die Schnauze.

Christine hingegen hielt stolz in der einen Hand die Tasche mit Hugo und in der anderen ihren Boardingpass, zwar bloß Reihe zwei, aber trotzdem First Class. Ich blickte mich um, als Erstes fielen mir die Dreipunktsicherheitsgurte auf, die ich bisher nie in einem Flugzeug gesehen hatte.

Klar, ich war bisher ja nur Economy geflogen, und offensichtlich war ein Menschenleben in der First Class mehr wert.

Ich musterte die Passagiere, alles erfolgreiche Geschäftsleute, ein Chinese mit einem Dobermann, ein Russe mit seiner blutjungen Sekretärin, auch auf dem Schoß, und ein paar alte weiße Männer, die den Russen neidisch anstarrten.

Dabei fand ich Christine viel hübscher, wie immer trug sie einen schwarzen ledernen Minirock und ein gleichfarbiges Minioberteil, dazu Netzstrümpfe, Highheels und einen schwarzen Pagenschnitt.

Doch sie war eben keine achtzehn mehr.

Dennoch, pleite sah sie nicht gerade aus, eher wie eine Domina auf Dienstreise mit Dackel.

Während ich wie eine Ehefrau auf Dienstreise aussah, langes blondes Haar, frauliche Figur, gut sitzende, aber langweilige Jeans zu Sneakern und Bluse.

Es war offensichtlich, ich gehörte nicht hierher. Zumal ich nur ein Ticket für Reihe neunundzwanzig in den Händen hielt.

Das war Economy minus, und bisher hatte ich mich nicht getraut, es Christine zu sagen, denn dann hätte sie vielleicht einen Rückzieher gemacht.

*Und an mich denkt wieder niemand. Als Hund nach China zu fliegen, ist so, als würdet ihr Urlaub in Papua-Neuguinea machen, bei den Kannibalen. Nicht umsonst gibt es dieses alte chinesische Sprichwort: In jeden Topf passt ein Dackel.*
*Hugo*

Christine war ohnehin misstrauisch gewesen, weil ich für meinen zweiten Koffer hatte Übergepäck zahlen müssen. Sie setzte sich auf ihren Platz in Reihe zwei und platzierte die Tasche mit Hugo auf ihrem Schoß.

Sofort schoss eine Luftkellnerin herbei, als wäre sie die Dorfpolitesse, die nach Recht und Ordnung schauen musste und darauf, dass sie möglichst unbeliebt war. »Wie viele Kilogramm wiegt denn der Hund?«

Christine zuckte mit den Schultern. »Das hängt von der Anzahl Leckerlis ab, die er gefressen hat.«

»Ein Hund, der schwerer ist als sechs Kilo, muss in den Frachtraum.« Die Stimme der Flugzeugkellnerin klang so piepsig, als wäre sie fünfzehn, dabei sah sie mindestens doppelt so alt aus.

»Das ist ein Dackel«, entgegnete Christine. »Die können aus genetischen Gründen gar nicht mehr wiegen als …«

Im nächsten Moment zog die Luftkorinthenkackerin eine Personenwaage aus ihrem Trolley hervor. Noch bevor Christine ihre Ausführungen beenden konnte, legte die Möchtegernpolitesse ein Leckerli auf die Waage, Hugo sprang darauf, und die Anzeige der Waage zeigte 7,4 Kilogramm.

»In der Höhe ändert sich bestimmt der Luftdruck«, meinte Christine. »Und die Waage wiegt viel zu viel.«

»Wir sind nicht mal gestartet«, entgegnete die Luftdiktatorin. »Der Hund braucht einen eigenen Sitzplatz, oder er muss in den Frachtraum.«

Christine deutete auf den Dobermann, der in der ersten Reihe saß. »Der Hund wiegt doch auch mehr als sechs Kilo.«

Die Air Hostess seufzte. »Der hat auch einen eigenen Sitzplatz. Wie gesagt, wir können das genauso regeln, Frachtraum oder Sie kaufen einen eigenen Sitzplatz für Ihren Hund.«

Christine nickte. »Kein Problem, zahlt das Goethe-Institut.«

»Äh, das ist nicht ganz korrekt«, widersprach ich. »Schließlich steht Hugo bei den Auftritten nicht auf der Bühne.«

Christine blickte mich verwundert an. »Ich dachte, wir wollten ihn keine Sekunde aus den Augen lassen?«

Bevor ich antworten konnte, kam mir die Luftpolitesse zuvor. Sie deutete auf mich und piepste los. »Zeigen Sie mir mal *Ihre* Bordkarte.«

Ich versuchte, ihr konspirativ zuzunicken, und reichte ihr meinen Ausdruck.

Es nutzte nichts, sie schaute mich empört an. »Was fällt Ihnen ein, Luft in der First Class zu verbrauchen, wenn Sie Economy minus gebucht haben? Selbst die Apfelsinen im Frachtraum haben mehr Rechte als Sie, also machen Sie, dass Sie in Ihre … Reihe neunundzwanzig verschwinden!«

»Economy?« Christine machte große Augen.

Jetzt war es an der Zeit, dass ich mich räusperte. »Das Goethe-Institut hat bloß zwei Business-Class-Tickets bezahlt. Aber du wolltest ja unbedingt First Class fliegen, also habe ich die eingetauscht gegen einmal First Class …«

»Und einmal Käfig«, sagte die Luftkellnerin. »Also husch, husch, ab auf Ihren Platz.« Sie wedelte mit den Armen und vertrieb mich hinter den Vorhang, der die First Class vom sonstigen fliegenden Pöbel trennte, der offensichtlich schon in der Business Class begann.

Man hörte allerdings immer noch, was in der First Class gesprochen wurde, vor allem das piepsende Organ der Luft-kellnerin.

»Wenn Sie weiterhin First Class fliegen wollen, muss der Hund in den Frachtraum.«

Ich schob heimlich den Vorhang beiseite.

Christine verschränkte gerade ihre Arme vor der Brust. »Nur über meine Leiche.«

»Die kommt dann auch in den Frachtraum.«

»Aber ich kann meinen Hund nicht allein in der First Class lassen«, protestierte meine beste Freundin.

»Wir werden uns bestens um ihn kümmern.« Die Duty-Free-Tante lächelte. »Glauben Sie mir, er ist einer der unkomplizierteren Passagiere.«

Ich legte einen Arm um Christines Schulter. »Komm, trinken wir halt einen Prosecco in der Economy, dann vergehen die vierzehn Stunden wie im, äh, Flug.«

Wir gingen nach hinten, und zu meiner Überraschung stellte ich unterwegs zur Reihe neunundzwanzig fest, dass jeder Sitzplatz besetzt war.

Für uns beide gab es nur ein Ticket, schließlich dachte ich, Hugo säße auf Christines Schoß.

»Hier kannst du dich setzen, Christine«, sagte ich und deutete auf meinen Platz.

»Ich dachte, wir sitzen nebeneinander?«

»Vielleicht kann ich ja mit jemandem tauschen«, erwiderte ich und ließ den Blick durch den Flieger schweifen.

Doch es war kein einziger Platz mehr frei.

*Die Fantasie des Mannes ist die beste Waffe der Frau.*
Sophia Loren, italienische Schauspielerin

## 06 Frankfurt, 1. November

Bevor eine Stewardess auf die Idee kam, mich mangels Sitz-platz aus dem Flugzeug zu schmeißen, verdrückte ich mich in eine der Toiletten, allerdings ohne sie abzuschließen, denn das hätte man von außen ja an der roten Besetztleuchte gesehen.

Während des Starts war mir ein wenig mulmig zumute, denn auf der Flugzeugtoilette fehlten die Anschnallgurte.

Wie auf jeder Toilette außerhalb des Weltraums.

Aber da flogen wir ja hoffentlich nicht hin.

Ich erinnerte mich an die schlimmsten Flugzeug-katastrophen aller Zeiten, doch das hatte neben dem An-stieg meiner Pulsfrequenz auch eine gute Seite. Bei keiner einzigen hatte dieser popelige Anschnallgurt irgendetwas gebracht.

Selbst nicht die Dreipunktgurte, die in der First Class ver-wendet wurden. Trotzdem fühlte ich mich so ohne Gurt irgendwie unsicher, und eine Schwimmweste und Atem-maske gab es hier ebenfalls nicht.

Wobei Schwimmwesten eher auf einem Schiff etwas brin-gen als in einem Flugzeug, eine Atemmaske kann jedoch hilfreich sein, wenn man in zehntausend Metern Höhe fliegt.

*Noch waren wir ja auf dem Boden, also stell dich nicht so an. Christine*

Außerdem musste ich mal für blinde Passagiere, das hätte

allerdings bedeutet, die Spülung zu benutzen, und das hätte bestimmt eine der Luftabschnittsbevollmächtigten gehört, daher traute ich mich nicht.

Endlich beschleunigte das Flugzeug, ging kurz darauf in Schräglage, und ich vermutete, dass wir abgehoben hatten. Sehen konnte ich das nicht, denn eine Flugzeugtoilette hat kein Fenster.

Da ich nirgends panisches Getrampel hörte, sondern nur die üblichen quengelnden Kinder, beruhigte ich mich ein wenig.

Irgendwann erloschen die Anschnallzeichen, ich machte schnell mein Geschäft und verließ flugs die Toilette.

Ich stellte mich neben Christine auf den Gang, wie jene Fluggäste, die Angst vor Thrombose haben.

»Das geht nicht, dass du die ganze Zeit stehen musst«, zischelte sie.

»Wenn ich dieser Sarah Wagenknecht der Lüfte sage, dass ich keinen Sitzplatz habe, packt sie Hugo in den Frachtraum.«

»Während des Flugs wird das kaum gehen.«

»Die hat auch kein Problem, deswegen zu landen. Gibt eine Menge Flughäfen unterwegs.«

Christine richtete sich den Minirock. »Setzt dich hierhin, ich schaue mal, welcher Mann Mitglied im *Mile High Club* werden will.«

*In den MHC kommt man übrigens nur, wenn man während eines Flugs in mindestens einer Meile Flughöhe gewisse Körperflüssigkeiten austauscht.*
*Christine*

Bevor ich sie aufhalten konnte, war sie schon verschwunden.

Christine und die Männer, das war ein ganz eigenes Kapitel.

Sie war der Auffassung, dass Gott uns die weiblichen Reize gegeben hatte, damit wir sie einsetzten.

*Blödsinn. Ich hab sie euch gegeben, damit ich was Nettes anzuschauen hab, wenn ich auf die Erde gucke.*
*Gott*

Ich hingegen suchte seit dem zwölften Lebensjahr nach der großen Liebe. Ein paarmal dachte ich, ich hätte sie gefunden, aber das war ein anderes Thema.

Für Christine jedoch waren Männer bloß ein Mittel zum Zweck. Sie wusste genau, wie sie bekommen konnte, was sie wollte. Und im Moment wollte sie offensichtlich einen Sitzplatz.

## 07 Über Russland, Flughöhe zwölftausend Meter, 1. November

Bevor Tomasa hier weitere haltlose Vermutungen anstellt, erzähle ich einfach mal, was sich zwischenzeitlich so ereignete. Ich ging durch die Reihen, den Blick auf die männlichen Männer gerichtet, also auf jene, die nicht unter der Fuchtel einer Geschlechtsgenossin standen und dazu akzeptabel aussahen.

Denn mit jedem ging ich selbstverständlich nicht ins Bett, sondern nur mit denen, die meinen Sinnen etwas boten. Das musste kein Adonis sein, mich reizten Männer mehr, die etwas Spezielles an sich hatten.

Nein, ein Bierbauch ist nichts Spezielles, sondern ab einem gewissen Alter höchst gewöhnlich.

Ich merkte schnell, dass in der Economy Class meine Wünsche nicht befriedigt werden würden, zumal auf den Gängen bloß irgendwelche Familienväter mit ihren kleinen Töchtern standen und ihnen beibringen wollten, dass Fußballspielen mit einem Flummi in einem Flugzeug eine suboptimale Freizeitbeschäftigung war.

Also stellte ich mich vor den Vorhang zur Business Class und wartete, bis ein ansehnlicher Mann des Weges kam, um sich zu erleichtern.

Um den Prozess zu beschleunigen, legte ich mein verführerisches Parfüm auf und streckte meinen netzbestrumpften rechten Fuß durch den Vorhang zur Business Class.

Dummerweise saßen die Männer alle mit dem Rücken zu mir, schließlich sind die hintersten Plätze im Flugzeug die billigsten.

Würde ich die Business Class vorsätzlich betreten, schickte mich bestimmt eine dieser Luftaufpasserinnen zurück.

Also schnappte ich mir den Flummi von der kleinen Tochter und ließ ihn in die Business Class kullern. Das hatte den zwar unangenehmen, aber notwendigen Nebeneffekt, dass die Tochter schrie und alle Passagiere nach hinten schauten. Ich bückte mich geschwind, richtete mir den Minirock, reichte dem kleinen Mädchen wieder seinen Flummi und stellte mich erneut vor die Toilette.

Kurz darauf hatte sich eine ansehnliche Schlange hinter mir gebildet. Ich ließ die anderen vor und wartete, bis das beste Exemplar direkt hinter mir stand. Ein männlicher MILF.

*Midlife crisis I'd like to fuck.*
*Tomasa*

Ich lächelte ihn an. »Was glaubst du, warum der Autopilot im Flugzeug erfunden wurde?«

Männer mögen ja Technik, doch dieses Exemplar dachte offensichtlich schon mit seinem Kleinlöschgerät und war von meiner Frage überfordert.

»Damit der Pilot nicht warten muss, bis er im Hotel ist«, antwortete ich für ihn.

*Das stimmt ausnahmsweise. Als erste Mitglieder des Mile High Club gelten nämlich der Pilot und Konstrukteur Lawrence Sperry und seine Flugschülerin Dorothy Rice Sims,*

*die im November 1916 ihre Mitgliedschaften »erwarben«,*
*als Sperry während eines Flugs in einem Curtiss Flying*
*Boat über New York einen selbst konstruierten Autopiloten*
*testete.*
*Tomasa*

Ich beugte mich näher zu meinem Auserwählten. »Für die bahnbrechendsten Erfindungen gibt es immer nur zwei Gründe: Sex oder Krieg.«

Er nickte, grinste, aber ich war mir trotzdem nicht sicher, ob er die Anspielung verstanden hatte. Also musste ich ein wenig konkreter werden.

»Es ist ganz einfach«, sagte ich. »Wenn du Mitglied im Mile High Club werden willst, bekomme ich deinen Platz in der Business Class.«

Wahrscheinlich hätte ich auch seine Villa auf Malibu fordern können, jedenfalls nickte er schon wieder.

»Wir machen das wie folgt«, flüsterte ich. »Ich gehe als Erstes auf die Toilette, schließe nicht ab, und dann kommst du, okay?«

Er nickte wieder. »Sorry, I only speak the English language. All I did understand was Mile High Club.«

Klar, die Sprache der Liebe ist ja international.

»Oh, I speak English, too«, erwiderte ich. »And French quite fluently, but only non-verbal.«

Das verstand er endlich, und ich erklärte ihm auf Englisch, was ich von ihm wollte, und vor allem und in aller Ausführlichkeit, was er dafür bekam.

Ein Männerhirn ist so leicht zu überlisten wie das eines dreijährigen Kindes beim Anblick eines Schokobrunnens.

Ich ließ mir von ihm seinen Boarding Pass geben und erklärte ihm noch, dass der Spruch »Finger im Po, Mexiko« beim Landeanflug auf Acapulco erfunden worden war, doch da war seine geistige Aufnahme-fähigkeit schon ziemlich eingeschränkt.

Kurz und gut, Sex auf einer Flugzeugtoilette ist nur dann zu empfehlen, wenn es einen nicht stört, dass ständig jemand aus Versehen an die Spülung, den Fön oder die Notruftaste kommt.

Zum Glück lernen Trolley Dollies während ihrer Ausbildung offensichtlich als Erstes, jegliche Notrufe und Serviceknöpfe zu ignorieren.

*In der First Class ist es übrigens deutlich einfacher, Mitglied in diesem Klub zu werden, zumal man sich als Hund einfach mit seinen animalischen Trieben rausreden kann. Kurz und gut, der vermeintliche Dobermann war in Wirklichkeit eine Doberfrau.*
*Hugo*

*Eine lange Reise beginnt mit dem ersten Schritt.*
Chinesisches Sprichwort

## 08 Peking, 2. November

Der Landeanflug auf Peking wurde angekündigt, und ich war mehr als nur nervös. Immerhin hatte ich einen Sitzplatz, und Christine war nicht mehr bei mir aufgetaucht, also hatte sie offensichtlich auch einen Platz gefunden. Außerdem hatte sich gerade irgendein Amerikaner auf einem WC verdrückt und, wie ich zuvor, die Tür nicht abgeschlossen.

Zwei Gäste störten ihn dabei, sie mussten noch schnell mal für kleine Flugpassagiere und hatten gedacht, die Toilette wäre nicht besetzt.

Beim zweiten Mal fiel das einer Pilotenmatratze auf, sie wies den Amerikaner zurecht und bat ihn, sich auf seinen Platz zu setzen, woraufhin er in einem anderen WC verschwand. Trotz der Peinlichkeit hatte er ein glückseliges Lächeln auf dem Gesicht, wo immer das herkam.

Jedenfalls blieb er dort hocken, bis wir auf chinesischem Boden aufsetzten.

Mein Herz schlug so wild wie ein chinesischer Gong in der Pekingoper.

Ich würde ihn gleich kennenlernen.

Den Mann meiner Träume.

Meine große Liebe.

Plan C.

Es war so eindeutig, dass es das Richtige war, dass ich mich die ganze Zeit fragte, wo denn der Haken hing, an dem ich mir das Auge ausstechen würde. Oder wie immer diese Redewendung zu verstehen war.

*Die Redewendung »Haken an einer Sache« stammt aus dem Mittelalter und bezieht sich auf den Haken im Köder einer Angel, der für den Fisch nicht sichtbar ist und ihm zum Verhängnis werden kann, wenn er sich vom Köder anlocken lässt und zubeißt.*

*Womit geklärt wäre, dass man beim Lesen dieses Buchs einiges lernen kann, wenn auch eher sinnlose und unnütze Dinge, die kann man sich jedoch ohnehin besser merken und beim Smalltalk vor dem Flugzeug-WC damit brillieren.*

*Christine*

Andererseits war es empirisch bewiesen, dass *er* meine große Liebe war.

Vielleicht war ich genau deswegen so nervös. Es war wie ein sehnlicher Wunsch, der einem erfüllt wurde. Hinterher war man glücklich, aber ohne Ziel.

Dennoch, wenn man davor Angst hatte, seine Ziele zu erreichen, konnte man gleich allen Freuden des Lebens entsagen.

Außerdem hatte ich mit meinem Tinder-Experiment bewiesen, dass die Männer zu Hause nichts für mich waren.

Oder ich nichts für sie, wobei das im Endeffekt auf das Gleiche hinauslief.

Das taten jetzt auch alle aus dem Flugzeug.

Ich nahm meinen Handgepäckkoffer – nur Tussis haben ein Beautycase – und lief den Gang entlang. Zum Abschied durfte ich durch die Business Class schreiten wie eine Königin, doch das Volk und Christine waren nicht mehr zu sehen.

An der Gangway wartete sie auf mich samt Hugo, während ihr gleich zwei Passagiere Visitenkarten zusteckten.

»Hattest du einen angenehmen Flug?«, fragte sie.

Ich nickte.

»Ich hab blaue Flecken«, sagte sie. »Business Class ist nicht so bequem.«

Ich sparte mir die Frage, wie sie da rangekommen war, und war froh, den Flug nicht auf dem WC verbracht zu haben.

»Wir sollten abgeholt werden«, sagte ich. »Bestimmt mit einer Limousine.«

Wieder pochte mein Herz. Würde er tatsächlich da sein?

Ich hatte ihn genauestens instruiert, jetzt würde sich zeigen, ob er wirklich Mr. Perfect war.

Ich fühlte mich wie ein Manager, der Jahresgehalt, Bonus und Abfindung gleichzeitig erhielt.

Das konnte in einem Exzess enden – oder in einer riesigen Enttäuschung.

Wir holten unsere Koffer vom Band, die entgegen unserem bisherigen Lebensverlauf pünktlich, vollständig und unversehrt dort lagen, und gingen zum Ankunftsbereich.

Ich sah ihn schon von Weitem, er trug einen dunklen Anzug, hielt ein Tablet in den Händen, mit dem Display zu uns, darauf stand *Purwien & Kowa*.

Obwohl ich mir so etwas immer gewünscht hatte, konnte ich nicht die Augen von dem Mann mit dem Tablet abwenden.

Er sah umwerfend aus, über eins achtzig, schulterlanges dunkles Haar, eine Mischung aus Europäer und Asiate, ein wenig wie Keanu Reeves, nur nicht so verbraucht. Und er konnte Deutsch, hatte es studiert, wie er mir per E-Mail versichert hatte. Verständigungsprobleme würden wir also schon mal nicht haben.

»Willkommen«, sagte er, strahlte, zeigte dabei seine hübschen Grübchen und seine makellosen Zähne. »Ich bin Stephen Wong vom Kröte-Institut.«

*Ich glaube an Liebe auf den ersten Blick.*
*Du willst diese Verbindung – und dann willst du die Probleme.*
Keanu Reeves, kanadischer Schauspieler

## 09 Peking, 2. November

Ich blickte Stephen irritiert an, räusperte mich und flüsterte: »Goethe-Institut.«

»Natürlich«, sagte er. »Kröte-Institut.«

Ich dachte immer, Chinesen könnten das R nicht richtig aussprechen, aber das sprach er einwandfrei, obwohl es im Wörtchen Goethe gar nicht vorkam. Vielleicht musste man bei anderen Buchstaben dafür Abstriche machen.

Nun gut, ansonsten stimmte alles mit ihm.

Hugo knurrte zwar, doch das lag wahrscheinlich an dem langen, einsamen Flug, den er hatte absolvieren müssen.

*Wie schon gesagt, einsam war mein Flug nicht gerade gewesen. Wobei vierzehn Stunden mit derselben Hundedame ganz schön lang werden können. Ein Freund der Monogamie werde ich nicht mehr, keine Ahnung, was die Menschen daran gut finden.*
*Hugo*

Stephen verbeugte sich und küsste Christine die Hand. »Sie müssen die Sängerin sein, ganz famos.« Er musterte sie dabei so intensiv von oben bis unten, als würde er jeden Quadratzentimeter ihrer Haut scannen. Dann umarmte er sie und klopfte ihr auf die Schulter. »Willkommen in Peking.«

Hey, ich hab dich gekauft!, wollte ich schon rufen, da wandte er sich von ihr ab, umarmte mich und gab mir einen Kuss, bei dem seine Zunge fast zu meinen Eingeweiden wanderte.

In meinem Bauch starteten schon mal die Schmetterlinge, ich vergaß glatt zu atmen und lief blau an.

Irgendwann applaudierten drei Passagiere, die neben uns standen, und ich wechselte meine Farbe von Blau zu Rot.

Dann erst ließ Stephen mich los, und ich kam langsam wieder in diese Welt zurück.

Wenn das nicht die wahre Liebe war, was dann?

Stephen nahm unsere Koffer und lief voraus zum Parkdeck. Wir folgten ihm.

Christine stieß mich in die Seite, deutete auf ihn. »Kennst du den irgendwoher?«

»Och, wir hatten ein paarmal per Mail Kontakt, wegen der Konzerte und so.«

»Und dann begrüßt ihr euch so überschwänglich?«

»Vielleicht ist es Liebe auf den ersten Blick.« Ich strahlte sie an, die Schmetterlinge in meinem Bauch flatterten so wild, wahrscheinlich explodierten sie gleich.

*Dann sei froh, dass du nicht Herbert Grönemeyer bist, mit Flugzeugen im Bauch wäre das nicht besonders lustig. Christine*

Im Parkdeck gingen wir an ein paar dunklen Limousinen vorbei, und ich fragte mich, wann Stephen endlich anhielt. Doch er lief immer weiter, bis wir an einen Taxistand kamen.

Das nächste Taxi hielt neben uns, Stephen packte unser Gepäck in den Kofferraum, redete kurz mit dem Fahrer und öffnete die Beifahrertüren.

Wir stiegen ein, Stephen blieb draußen stehen. »Wir sehen uns im Hotel.«

Bevor wir etwas erwidern konnten, ja, bevor ich meinen Stadtplan herausholen und dem Fahrer das dort eingezeichnete Hotel zeigen konnte, fuhr das Taxi los.

Obwohl es gar nicht so neu aussah, war es offensichtlich ein Elektroauto, zumindest hörte man kein Fahrgeräusch, nur das Schmatzen des Fahrers, der irgendwelche rundlichen Kekse aß.

Mich beschlich der Verdacht, dass man in China um einiges moderner war als bei uns zu Hause.

Außerdem war man hier offensichtlich sehr gastfreundlich, jedenfalls bot der Fahrer uns von seinen Keksen an.

Freudig nahm ich einen, denn das Essen im Flugzeug war mal wieder so schlimm gewesen, dass es knapp an einer Verletzung der Genfer Konvention vorbeigeschlittert war.

*In der Business Class hingegen war es erträglich, lediglich der Champagner war katastrophale 0,7 Grad zu warm gewesen, und sieben Jakobsmuscheln pro Person sind nun wirklich arg knauserig.*
*Christine*

Außerdem war es bestimmt unhöflich, den Keks zurückzuweisen, weswegen Christine ebenfalls einen nahm und ihn mir weiterreichte, vom Fahrer unbemerkt.

Ich biss in den Keks, und das wohlige Schmetterlingsgefühl in meinem Magen verschwand augenblicklich.

Der Keks schmeckte wie gepresster Sand mit Erdnussgeschmack, mit einer Note Klebstoff.

*Also fast wie der Kaviar in der Business Class.*
*Christine*

Ich musste husten, entschuldigte mich mit meinem Asthma

und spülte mit einem Schluck Wasser nach. Das fühlte sich nun zwar an, als hätte ich Flüssigklebstoff geschluckt, aber es war immerhin eine Besserung.

Ich ließ den zweiten Keks in meiner Tasche verschwinden, schließlich würde es auch dem Taxifahrer nichts nutzen, wenn ich zwar seine Gastfreundlichkeit wertschätzte, dafür erstickt auf der Rückbank zusammenbrach.

Das Taxi verließ den Flughafen, fuhr auf die Autobahn und hielt dort an. Stau.

Ich fühlte mich wie zu Hause.

»Erinnerst du dich an diesen Megastau, den es in Peking angeblich mal gegeben hat?«, fragte Christine. »Über hundert Kilometer? Es dauerte vierzehn Tage von einem Ende zum anderen. Wir haben nur für eine Woche gebucht, oder?«

»Ganz so weit wird es zu unserem Hotel nicht sein«, entgegnete ich.

Ich hasste diese Touristen, die bloß in andere Länder fuhren, um sich zu beweisen, dass es daheim am besten war.

In dieser Disziplin waren wir Deutschen fraglos Weltmeister.

*Ist es eigentlich rassistisch, wenn man das eigene Volk beleidigt? Oder eher ein Ausdruck von Intelligenz?*
*Christine*

*Keine Angst, in Deutschland ist der Rassismus ja gemäß Grundgesetz ausgerottet.*
*Tomasa*

*Und das, obwohl Ausländerfeindlichkeit schon immer zum Markenkern der CDU gehört hat. Und dann kommt einfach Angela Merkel und lässt Flüchtlinge*

*ins Land, aus purer Nächstenliebe. Das hat den ge-*
*meinen, also christlichen CDU-Wähler völlig vor den*
*Kopf gestoßen, und so haben viele für die AfD gestimmt, das*
*One-Trick Pony der deutschen Politik, das nichts zu bieten*
*hat außer Ausländerfeindlichkeit. So sind die Nazis damals*
*auch groß geworden.*
*Christine*

*Stimmt, trotzdem befürchte ich, du hast gerade ein paar unserer*
*Leserinnen und Leser ziemlich beleidigt.*
*Tomasa*

*Glaube ich nicht, bei den Rechten werden Bücher ja eher ver-*
*brannt als gelesen.*
*Christine*

Derweil packte der Fahrer eine kleine Box mit Entenfüßen
aus, die in einer roten, verboten scharf aussehenden Soße
eingelegt waren, und aß genüsslich davon.

Ich hoffte gerade, dass er uns keinen der Entenfüße anbot,
da drehte er sich schon zu uns, zwei von den Dingern in der
Hand.

»I'm still full from the cookie«, sagte ich.

Natürlich verstand der Taxifahrer ebenso wenig Englisch
wie wir Chinesisch.

Christine nahm beide Entenfüße entgegen, und kaum
blickte der Fahrer wieder nach vorn, steckte sie mir die zu.
»Du wolltest hierher, also bist du für die Gastfreundschaft
zuständig.«

Ich packte die beiden Entenfüße, schlug sie in ein
Taschentuch, legte sie zu dem Keks und tat so, als würde
ich kauen.

»Delicious«, sagte ich und schmatzte ein wenig, woraufhin der Taxifahrer zufrieden lächelte und uns zwei weitere Entenfüße anbot.

Vielleicht schmeckten sie ihm selbst nicht, jedenfalls war meine Manteltasche bald zum Platzen voll.

Das Lächeln des Taxifahrers verschwand erst nach einer Stunde Stau, und es kam wieder, als wir endlich bei Sonnenuntergang an unserem Hotel eintrafen.

Christine wollte offensichtlich zahlen, sie langte in die rechte Tasche ihres Mantels, dann in die linke, dann in die Innentasche und dann noch mal in die rechte.

»Verdammt!«, rief sie. »Mein Geldbeutel ist verschwunden.«

*Hüte dich vor Männern,*
*deren Bauch beim Lachen nicht wackelt!*
Chinesisches Sprichwort

## 10 Peking, 2. November

Während Christine weiter nach ihrem Geldbeutel suchte, bezahlte ich den Taxifahrer und ließ mir unser Gepäck aus dem Kofferraum geben. Klar hätte ich das trotz der ganzen schweren Instrumente auch selbst herausholen können, aber ich steckte derweil Hugo lieber zwei Leckerlis zu.

*Das ist in jeder Lebenslage eine gute Entscheidung.*
*Hugo*

Nachdem Christine das halbe Taxi auf den Kopf gestellt hatte, ließen wir den Fahrer weiterdüsen und gingen zum Eingang unseres Hotels.

»Ich verstehe das nicht«, sagte Christine. »Am Flughafen hatte ich meinen Geldbeutel noch. Ich hab nichts gekauft, nichts bezahlt.«

»Vielleicht hast du ihn verloren.«

Sie schüttelte den Kopf. »Nein, jemand hat ihn mir geklaut.« Sie blickte mich an. »Dieser Typ vom Goethe-Institut, das kam mir gleich komisch vor, dass der mich so merkwürdig umarmt hat.«

Ich zeigte ihr den Vogel. »Das ist ein riesiger Fan von uns, der hat sich nur gefreut, dich zu sehen.«

»Ach, und deswegen hat er mit dir so ausgiebig Zungenhockey gespielt?« Sie deutete auf meinen Mantel. »Ist dein Geldbeutel überhaupt noch da?«

»Wie hätte ich sonst das Taxi bezahlen können?« Ich

zeigte ihr den Scheibenwischer. »Du bist total paranoid. Stephen ist der liebevollste und ehrlichste Mensch, denn ich kenne.«

»Du hast ihn zwei Minuten gesehen, und davon hat er eine Minute und neunundfünfzig Sekunden deinen Mund mit seiner Zunge abgetastet, als wäre er Zahnarzt.«

Ich lief rot an, was nicht daran lag, dass ich peinlich berührt gewesen wäre, schließlich war ich keine fünfzehn mehr, sondern weil ich mich über Christine aufregte. Wie konnte sie bloß meiner großen Liebe mistrauen?

»Und was hast du gemacht, um einen Sitzplatz im Flugzeug zu bekommen?«

Christine zuckte mit den Schultern. »Dabei hab ich weder meinen Geldbeutel verloren noch meine Jungfräulichkeit.«

»Das hab ich vorhin auch nicht«, entgegnete ich.

Ich wusste außerdem, dass Stephen Mr. Right war, weil ich ihn einen Fragebogen hatte ausfüllen lassen, mit seinen Wünschen, Vorlieben und Eigenarten.

Und er hatte sämtliche Fragen genauso beantwortet, wie ich das getan hatte.

Jede einzelne Antwort verriet, dass wir perfekt zueinanderpassten.

Das fing bei der Lieblingsfarbe an, die für uns beide Schwarz war, obwohl einige meinten, dass sei gar keine Farbe. Es ging beim Lieblingsessen weiter, wir beide liebten Pekingente, und selbst bei der Musik teilte er meine Vorlieben. Nein noch mehr, er hatte angegeben, Purwien & Kowa sei seine Lieblingsband.

Ich hatte nicht mal gewusst, dass unsere CDs überhaupt in China erhältlich waren, und dort offensichtlich erfolgreich. So unwahrscheinlich war das jetzt auch nicht, wenn ich mir die weltweit erfolgreichsten Bands aus Deutschland anschaute. Kraftwerk, Modern Talking, Rammstein, Tokio Hotel.

Außer Kraftwerk kochten die alle nur mit Wasser beziehungsweise Rammstein mit Petroleum. Gerade Tokio Hotel war ein schönes Beispiel dafür, wie man es mit möglichst wenig Talent schaffte, bekannt zu werden und ins Bett von Heidi Klumpfuß zu kommen.

Was nun kein erstrebenswertes Ziel war, weder als Mann noch als Frau. Wenigstens wenn man keinen Hörschaden hatte.

Doch all das konnte ich Christine nicht erzählen, aus Gründen, aber eines war klar, Stephen war wie ich eine ehrliche Haut.

Meistens zumindest war ich das.

Jedenfalls würde ich nie jemandem den Geldbeutel klauen.

Also schwieg ich, Christine tat es mir nach, mit einem grimmigen Gesicht.

Wir begaben uns zur Rezeption, und ich kämpfte mit den rudimentären Englischkenntnissen meines Gegenübers.

Am Ende einigten wir uns auf unentschieden, der Portier legte zwei Zimmerkarten auf die Theke und verlangte eine sofortige Zahlung per Kreditkarte.

»Zahlt das nicht das Goethe-Institut?«, fragte Christine.

Ich räusperte mich. »Müssen wir vorschießen.«

»Ich würde ja gerne.« Christine zuckte mit den Schultern.

»Jetzt stell dich mal nicht so an mit deinem Geldbeutel«, sagte ich. »Was soll denn da groß drin gewesen sein? Du bist eh pleite.«

Christine nahm beide Zimmerkarten und ging davon. »Wir sehen uns beim Konzert.«

Ich wollte sie aufhalten, rief ihr nach, doch sie drehte sich nicht einmal um.

*Warum denn immer gleich sachlich werden,*
*wenn es auch persönlich geht.*
André Heller, österreichischer Illusionskünstler,
im Grunde nur eine nette Umschreibung für Betrüger

## 11 Peking, 2. November

Ich klopfte an unsere Zimmertür. »Ich bin's.«

Keine Reaktion.

»Zimmerservice«, rief ich.

Die Tür schwang auf.

»Sag mal, für wie blöd hältst du mich eigentlich?« Christine deutete auf den Gang. »Kannst du nicht in dein Zimmer gehen?«

Ich schüttelte den Kopf. »Wir haben ein Doppelzimmer. Mehr wollte das Goethe-Institut nicht zahlen.«

»Dann redest du halt mit deinem Zungenakrobaten, dass er das ändert.«

In dem Moment fragte ich mich selbst, wo Stephen steckte. Ich schaute auf mein Handy und sah, dass ich kein Internet hatte.

Das war ja fast wie in Deutschland an einer beliebigen Milchkanne.

Nun waren wir zwar in China, aber Roaming war immer noch so teuer, als würden Mobilfunkwellen aus Goldstaub bestehen.

Da China im Gegensatz zu Deutschland kein Internetentwicklungsland war, gab es hier bestimmt WLAN.

*Wer es genau wissen will, auf der Rangliste des Global-Speed-Tests belegte Deutschland im Mai 2020 bei der Internetgeschwindigkeit den fünfunddreißigsten Platz, hinter*

*Rumänien, Andorra, Thailand, Polen und Malta. Und natürlich hinter China. Anfang des Jahres standen wir noch auf Platz siebenundzwanzig, wenn Sie das Buch lesen, sind wir also wahrscheinlich schon aus der Top hundert raus-geflogen.*
*Christine*

Ich loggte mich ins WLAN ein, was zu meiner Überraschung recht einfach ging, denn an der Zimmertür standen WLAN-Netzwerk und Passwort in lateinischen Buchstaben.

Mir fiel auf, dass ich in einem deutschen Hotel nie einen Hinweis in chinesischen Schriftzeichen gesehen hatte, trotz-dem hat das halbe Land Angst vor Überfremdung und davor, die eigene, ach so großartige Kultur zu verwässern.

*Ohnehin eine merkwürdige Einstellung in einem Land, das im letzten Jahrhundert zwei Weltkriege vom Zaun gebrochen hat, weil es glaubte, etwas Besseres als andere Völker zu sein. Da das ein eklatanter Trugschluss war, verlor man krachend beide Kriege.*
*Christine*

*So eine unrealistische Selbsteinschätzung kenne ich sonst nur vom HSV.*
*Tomasa*

*Wobei, das elfseitige PDF der CDU als Antwort auf Rezo kam dem schon recht nah.*
*Christine*

Ich öffnete WhatsApp und stellte fest, dass Stephen mir dreimal geschrieben hatte. Das letzte Mal vor zwei Stunden.

*Warte in der Hotelbar auf euch.*

Weil ich erst einmal einen Moment allein mit ihm genießen wollte, erzählte ich Christine nichts davon.

»Ich schau mal, was ich wegen des Zimmers machen kann«, sagte ich, nahm mir eine Chipkarte und ließ meine Freundin allein zurück.

Ich sprang an die Bar und fand Stephen hinter einer chinesischen Mauer aus *Tsingtao*-Bierdosen.

*Angeblich wurde die Firma von deutschen Auswanderern gegründet, wobei wir schon in den USA festgestellt hatten, dass die Bäcker und Brauer, die aus Deutschland ausgewandert waren, wahrscheinlich von dort wegen beruflicher Inkompetenz vertrieben worden waren.*
*Christine*

*Das wäre in etwa so, als würde Bushido im Ausland Kurse geben, wie man sich am besten in Deutschland integriert.*
*Tomasa*

*Hey, der Mann hat den Integrationsbambi bekommen!*
*Christine*

*Aber bloß, weil die Jury offensichtlich zuvor fünf Kästen* Tsingtao-*Bier geleert hat.*
*Tomasa*

»Hallo, Stephen«, begrüßte ich ihn, setzte mich gegenüber und baute erst mal zwei Reihen Dosenbier ab. »Wie lange bist du schon hier?«

»Mit der U-Bahn ist man in einer halben Stunde im Hotel«, antwortete er, wobei das mehr ein Lallen war. »Beim Warten bin ich fast verrückt geworden. Ich dachte, du bist wieder heimgeflogen, weil ich dir nicht gefalle.«

»Wie kommst du denn darauf?« Ich nahm seine Hand.

»Du hast dich nicht gemeldet, warst offline.«

»Ich hatte erst im Hotel wieder Internet«, sagte ich.

Stephen blickte mich an, als hätte ich ihm erzählt, ich wäre vom Weihnachtsmann aufgehalten worden.

»Darum hast du so viel Bier getrunken?«, wollte ich wissen.

Stephen nickte. »Ich dachte, jetzt hab ich endlich meine große Liebe gefunden, und schon ist sie wieder weg.«

Er schaute mich mit diesem Blick an, den eigentlich nur Hunde draufhaben und dieser gestiefelte Kater in *Shrek*.

*Verdammter Plagiator.*
*Hugo*

Meine Liebe zu ihm wuchs in dem Moment ins Unermessliche. Also nicht zu dem gestiefelten Kater, sondern zu Stephen.

Er saß zwar hinter seiner Biermauer wie ein Häufchen Elend, er hatte jedoch wegen mir so gelitten.

Aus Liebe zu mir.

Ich fand das so romantisch, dass mir Tränen in die Augen wanderten.

In meinem Bauch flogen keine Schmetterlinge mehr herum, sondern Kolibris. Und sie gebärdeten sich, als hätten sie Hunderte von Orchideen gefunden.

Ich gab Stephen einen Kuss, diesmal war er ganz sanft.

Okay, das mochte auch daran liegen, dass ihm beinah die Augen zufielen.

»Ich glaube, ich muss ins Bett«, lallte er schließlich, was grundsätzlich eine erstrebenswerte Aussage war, doch nicht unbedingt mit der Zielsetzung, die ich mir erhofft hatte.

Aber auf eine Nacht mehr oder weniger kam es nicht an.

Außerdem war er am Morgen bestimmt ausgenüchtert und sein Nahkampftorpedo einsatzbereit.

*Du solltest echt mal einen Schreibkurs belegen zum Thema »Erotische Szenen ohne Klischees, Peinlichkeiten und peinliche Klischees.«*
*Christine*

Ich half ihm von seinem Stuhl auf, stützte ihn und brachte ihn vors Hotel. Auf der Straße rief ich ein Taxi, was zum Glück hier genauso funktionierte wie im Rest der Welt.

*Eigentlich streckt man in China die rechte Hand flach nach vorn aus und bewegt sie leicht von oben nach unten. Aber der Taxifahrer wusste offensichtlich, wie man im Westen ein Taxi ruft.*
*Christine*

Stephen stammelte irgendetwas auf Chinesisch, und der Taxifahrer fuhr los.

Ich hatte keine Ahnung, wohin, blickte Stephen an, ob er anhand der Strecke merkte, dass er richtig verstanden worden war, doch meine große Liebe war in meinen Armen eingenickt.

Nun kannte ich Stephens Adresse nicht, denn Briefe hatten wir uns nicht geschrieben. So war das eben in Zeiten der digitalen Kommunikation.

Es war mitten in der Nacht, und zum Glück gab es kaum Stau, jedenfalls für hiesige Verhältnisse.

Zwei Stunden später parkten wir vor einem riesigen Wohnblock, der Taxifahrer deutete auf den Taxameter und hielt die Hand auf.

Ich reichte ihm Dollarnote für Dollarnote, denn ich hatte

weder Chinesische Yuan eingetauscht noch kannte ich den Wechselkurs.

Irgendwann war er zufrieden, half mir, Stephen aus dem Taxi zu bugsieren, und fuhr wieder los. Ich legte Stephens Arm um meine Schulter und schleppte ihn zu dem Hochhaus.

An der Tür schlug Stephen plötzlich die Augen auf. »Ist konfuzianisches Wohnheim«, lallte er und deutete auf den Portier, der hinter einer Glastür saß. »Damenbesuch verboten.«

Ich seufzte. »Schaffst du es allein nach oben?«

Er nickte, trottete los, grüßte den Portier mit einem Nicken und stieg in einen Aufzug.

Ich blickte mich vor dem Haus um, weit und breit kein Auto zu sehen, von einem Taxi ganz zu schweigen.

*Was du liebst, lass frei. Kommt es zurück, gehört es dir – für immer.*
Konfuzius, chinesischer Philosoph

## 12 Peking, 3. November

Nach zwei Minuten Warten an der menschenleeren Straße wurde mir klar, dass hier mitten in der Nacht kein Taxi vorbeikommen würde. Und ohne Internet konnte ich keines per App bestellen oder nach der Telefonnummer der Taxizentrale suchen, falls es die in Peking überhaupt gab.

Ich kehrte ins Wohnheim zurück, und obwohl Frauen hier verboten waren, nietete der Portier mich nicht gleich um. Wusste ich doch, dass China ein zivilisiertes Land war.

»Hello, can you call me a taxi?«, bat ich.

Er blickte mich an, als hätte ich ihn gefragt, ob er wüsste, wie man einen Wombat melkt.

*Wie jedes Beuteltier hat ein Wombat Zitzen, die Milch abgeben, wenn man daran saugt.*
*Christine*

Ich wiederholte die Worte »Taxi« und »Telefon« mehrfach, zeigte es dem Portier auch pantomimisch, sodass ich ganz sicher in Scharade gewonnen hätte, aber es war hoffnungslos. Er verstand mich nicht.

*Das lag übrigens nicht nur am sprachlichen Problem und nicht an deinen darstellerischen Künsten. Es ist in Peking nämlich unüblich, ein Taxi per Telefon zu bestellen, was auch die Frage beantwortet, ob es in Peking eine Taxizentrale gibt. Man macht das dort per App, aber natürlich nicht per Uber.*
*Christine*

55

Also ging ich wieder auf die Straße und holte meinen Stadtplan heraus, auf dem ich extra das Hotel eingezeichnet hatte.

*Ein Stadtplan ist übrigens das, was man früher verwendet
hat, bevor Google Maps oder das Navigationssystem erfunden
wurden, die inzwischen so ausgereift sind, dass sie einen zielsicher in den nächsten Stau führen.*
*Christine*

*Kannst du mal aufhören, hier ständig dazwischenzu-
quatschen? Der Leser möchte jetzt endlich wissen, wie die Geschichte weitergeht. Wenn du ständig deinen Senf dazugeben
willst, kauf dir eine Bockwurst.*
*Tomasa*

Ich versuchte, mich anhand des Stadtplans zu orientieren,
dort waren alle Straßennamen in Lautschrift geschrieben,
wie praktisch, so konnte selbst ich sie lesen. Ich lief zu einem
Straßenschild und stellte fest, dass es in chinesischen Zeichen beschriftet war.

Das war nun wiederum unpraktisch, jedenfalls für mich.

Ich fragte mich, wofür ich diesen Stadtplan überhaupt
gekauft hatte und wer, bitte schön, etwas damit anfangen
sollte.

Das war ja wohl Dummenfang par excellence!

Ich steckte den Plan wieder weg und ging so lange die
Straße entlang, bis ich an eine Hauptstraße gelangte, an der
wenigstens vereinzelt Autos fuhren.

Ich stellte mich an den Straßenrand und machte das international übliche Zeichen, um per Anhalter mitgenommen
zu werden.

Zu meiner Überraschung dauerte es keine zwei Minuten,
da stoppte ein Wagen neben mir. Ich stieg ein, zeigte dem

Fahrer meinen Stadtplan und deutete auf das markierte Hotel. Er drehte den Plan erst nach rechts, dann nach links, danach einmal komplett im Kreis, schließlich gab er ihn mir zurück. Er holte sein Handy hervor, tippte etwas in chinesischen Zeichen ein, drückte einen Button und hielt mir das Handy hin.

*Chinese people do not know how to read map*, stand dort.

Das machte es noch unsinniger, einen Stadtplan von Peking zu kaufen.

Der Fahrer tippte wieder etwas in sein Handy und zeigte es mir.

*Do you know the closest subway station to your hotel?*

Wusste ich natürlich nicht.

Wieder tippte er.

*Is there any famous building close to your hotel?*

Wusste ich auch nicht.

Erneutes Tippen.

*Maybe you check on your map?*

Offensichtlich war mein Fahrer intelligenter als ich, jedenfalls hatte ich diese Idee nicht gehabt.

Ich klappte den Stadtplan auf und stellte schnell fest, dass mein Hotel in der Nähe des neuen Sommerpalasts lag.

Der Fahrer nickte, gab Gas und fuhr mich zu dem Palast. Dort deutete er auf ein Straßenschild, das in dieser Touristengegend zusätzlich in Lautschrift geschrieben war.

Ich bedankte mich bei dem Fahrer, stieg aus, er machte noch schnell ein Selfie mit mir, dann fuhr er weiter.

Mithilfe des Plans fand ich sofort unser Hotel, nach nur dreimaligem Verlaufen.

Ich begab mich zu unserem Zimmer, öffnete es mit meiner Karte – und erschrak.

*Die sicherste Tür ist diejenige, die man offen lassen kann.*
Chinesisches Sprichwort


## 13 Peking, 3. November

Ich trat in unser Hotelzimmer, die Minibar stand offen, leere Flaschen auf dem Boden, daneben Kleider, Unterwäsche, als wäre jemand eingebrochen.

Jetzt erst sah ich, dass Christine halb ausgezogen auf dem Bett lag, den Pagenschnitt zerwühlt, schnarchend.

Letzteres war zwar schlecht für meine Nachtruhe, aber immerhin lebte Christine noch.

Ich rüttelte sie, bis sie wach war.

Sie schaute mich aus glasigen Augen an. »Was ist denn los?«

»Wir sind überfallen worden.«

Christine richtete sich auf. »Echt?«

Ich deutete in das Zimmer. »Schau doch mal.«

Christine winkte ab. »Hatte bloß keine Lust aufzuräumen … hicks.«

»Hast du etwa die Minibar ausgesoffen?«

»Was hätte ich denn tun sollen ohne Geld, ohne Kreditkarte in einem fremden Land? Einen Supermarkt überfallen?«

»Man könnte glatt meinen, du bist ein Mann«, sagte ich. »Kaum lässt man dich allein, hast du nichts Besseres zu tun, als dich volllaufen zu lassen!«

»Du kannst mich alles nennen!« Christine blickte mich wutentbrannt an. »»Schlampe‹, ›Möbelstück mit Haut‹, ›Männerabstellplatz‹, ›Östrogen-Weiher‹, ›Silikon-Testgebiet‹.« Sie deutete mit dem Finger auf mich. »Aber nenne mich niemals ›Mann‹!«

*Das ist ja interessant. Denn es waren mal zwei Männer namens Christian und Thomas, die glaubten, dass es als Männer inzwischen viel schwerer wäre denn als Frau. Mit all der Political Correctness, dem Gendern, den Frauenquoten.*
*Buddhine*

*Ganz so unrecht hatten meine Herrchen da nicht. Frauchen dürfen ganz andere Sachen aussprechen als Herrchen. So dürfen Frauchen ungestraft sagen, dass ein Porsche eine Penisprothese ist, wenn ein Herrchen jedoch behauptet, dass ein Diamantcollier eine Tittenprothese ist, gibt es gleich einen Shitstorm.*
*Hugo*

*Wegen so blödsinnigen Argumenten bist du bei der letzten Reinkarnation als Hund geendet. Also sei besser still, sonst wirst du demnächst zum Nacktmull.*
*Weil Christian und Thomas also so uneinsichtig waren, habe ich sie kurzerhand in Frauen verwandelt, quasi eine vorgezogene Reinkarnation. Jetzt merken sie mal, wie das wirklich ist als Frau.*
*Natürlich wissen sie nicht, dass sie zuvor Männer gewesen sind, sonst wäre das ja witzlos.*
*Buddhine*

*Buddhine? Wo ist denn mein alter Kumpel Buddha hin?*
*Gott*

*Ich habe die höchste Stufe der Erleuchtung erlangt und bin folgerichtig eine Frau geworden.*
*Buddhine*

*Ich glaube eher, das war eine feministische Revolution.*

*Buddha war ja schon immer ein Weichei. Allein schon wie der aussah, keine Körperspannung, kein vernünftiger Haarschnitt, überall Hüftgold, Ohrringe.*

*Den Feminismus gibt es ohnehin nur, damit die hässlichen Frauen in der Gesellschaft integriert werden. Nicht fair!*
*Donald Trump*

*Das mit den Ohrringen war Meister Propper. Eigentlich ein ganz schnittiger Kerl, wenn ich es mir recht überlege.*

*Und der Spruch mit dem Feminismus ist von Charles Bukowski geklaut, aber ein amerikanischer Präsident steht ja grundsätzlich über dem Gesetz, weswegen er so gerne fremde Länder überfällt.*
*Buddhine*

*Vermutlich hat Gott die Frau erschaffen,*
*um den Mann kleinzukriegen.*
Voltaire, französischer Philosoph,
aber nicht, wie häufig angenommen,
Erfinder des Kartenspiels Solitaire

## 14 Peking, 3. November

Christine und ich stritten noch ein wenig wie ein altes Ehepaar, dann vertrugen wir uns wieder und schliefen ein.

*Du schon, während ich von deinem verdammten Schnarchen wachgehalten wurde. Und davon, dass du mich »Östrogen-Ozean« genannt hast.*
*Christine*

*Dass du behauptet hast, ich würde mich schon im Stadium der Selbstkompostierung befinden, war auch nicht besonders nett.*
*Tomasa*

*Ach, und dass du mich als Fernfahrermuschi bezeichnet hast, fandest du besser? Dabei weiß doch jedes Kind, das ist eine Thermoskanne, gefüllt mit einem Pfund Hackfleisch.*
*Christine*

Irgendwann wachten wir auf und schleppten uns nach einer kalten Dusche zum Frühstück. Vielleicht war es auch ein Mittagessen, denn es gab Reis, Suppe, undefinierbares Fleisch, in Tee eingelegte Eier und Hirsebrei mit Sesampaste.
Ich überlegte kurzzeitig, ob ich nicht lieber die Entenfüße des Taxifahrers essen sollte, ließ es dann aber bleiben.

Ich beschloss, Diät zu machen, Christine aß dagegen ein wenig Suppe, die sie mit Alka-Seltzer würzte.

»Irgendwie hat das bei uns Tradition mit dem Frühstück ohne Frühstück«, sagte sie. »Weißt du noch auf Ibiza? Da bekamen wir bloß englisches Frühstück, was die Frage aufwarf, wie Großbritannien hatte die Welt erobern können, ohne vernünftig zu frühstücken.«

*Das ist übrigens nachzulesen in Pommes! Porno! Popstar!, unserem ersten literarischen Verbrechen.*
*Christine*

»Danach in Las Vegas gab es ja nicht nur kein Frühstück, sondern sonst ausschließlich Junkfood der übelsten Sorte.«

*Und das ist nachzulesen in* Vegas! Vidi! Non Vici!, *dem zweiten Band aus unserer Reihe, wie man definitiv keinen Bestseller schreibt. Jetzt genug der Werbung, schließlich sind wir hier nicht im gebührenfinanzierten Vorabendprogramm von ARD und ZDF.*
*Christine*

»Tja, die Amis haben tatsächlich ohne vernünftiges Frühstück ein Weltreich aufgebaut«, sagte Christine.

»Genau wie China.« Ich legte die Stirn in Falten, was ganz schön schwer war, so makellos, wie sie trotz meines Alters war. »Sollten wir deswegen zwei Weltkriege verloren haben?«

*Die letzte Fußballweltmeisterschaft nicht zu vergessen. Seit es die Nutella Boys nicht mehr gibt, geht es mit dem deutschen Fußball unaufhaltsam bergab.*
*Christine*

*Wenn ich mir das so anhöre, hätte ich bei den beiden besser nicht das Geschlecht ausgetauscht, sondern das Hirn.*
*Buddhine*

»Was ist jetzt eigentlich mit unserem Konzert?«, fragte Christine. »Deswegen sind wir doch hier, oder?«

Ich nickte, musste mich jedoch unweigerlich räuspern. »Das ist heute Abend.«

»Wann beginnt denn der Soundcheck?«

Wieder musste ich mich räuspern. »Muss ich noch mit Stephen klären.«

»Aber du weißt, wo wir spielen?«

Ich nickte wieder. Vielleicht hätte ich vorher in die Donald-Trump-Lügenschule gehen sollen, dann hätte ich gelernt, nicht nur Wildfremde hemmungslos belügen zu können, sondern auch meine beste Freundin.

*Hey, meine Gedanken sind immer total ehrlich. Kann ich ja nichts dafür, wenn die Frauen die nicht lesen können. Nicht fair!*
*Donald Trump*

Bevor ich dazu kam, mir eine weitere Notlüge zu überlegen, vibrierte mein Handy. Ich sah sofort, dass es eine Nachricht von Stephen war, und mein Puls, mein Herz und meine Libido pumpten wie wild.

»Ich geh mal mit Stephen unseren Tourplan durch«, erklärte ich.

»Und ich darf da nicht mit? Geht ihr noch was anderes durch? Deine Anatomie zum Beispiel?«

Ich lief rot an.

»Alles klar, ich hab's verstanden«, sagte Christine. »Sollst auch deinen Spaß haben.«

Sie lieh sich von mir ein paar Dollars, dann ließ sie mich gehen. Es war in etwa wie mit einer fünfzehnjährigen Tochter, bloß umgekehrt.

Ich lief aus dem Zimmer und öffnete Stephens Nachricht auf dem Handy.

*Ich muss dich unbedingt sehen. Komm bitte ins Zimmer 306, dort wartet eine Überraschung auf dich.*

*Es gehört viel Mut und Kraft dazu,*
*einen Mann von sich abhängig zu machen,*
*doch es zahlt sich fast immer aus.*
Katharina die Große, russische Kaiserin

## 15 Peking, 3. November

Zum Glück war ich kein Mann, denn dann wäre mir
nicht nur das Herz in die Hose gerutscht. Jedenfalls
machte ich mich auf dem Hotel-WC frisch, legte Lippen-
stift, Rouge und ein Lächeln auf und stolzierte zu Zimmer
306.

Jetzt war es so weit.

Stephen und ich hatten endlich einmal Zeit für uns.

Bisher war es uns beiden ja ergangen, als wären wir schon
mehrfache Eltern. Immer kam irgendwas dazwischen, ein-
geklemmte Kinderfinger, auslaufende Windeln und das
Schlimmste von allem – Elternabende.

Ich klopfte an die Zimmertür, hörte ein gehauchtes
»Herein« und öffnete sie.

Im Raum war es stockdunkel, durch die zugezogenen Vorhänge drang kein Fünkchen Licht herein. Vielleicht hatte
jemand die Fenster abgeklebt, ich konnte es in der Dunkelheit logischerweise nicht erkennen.

Es roch nach Räucherstäbchen und Sandelholz mit einem
Hauch Moschus.

»Schalte dein Handy aus«, sagte jemand.

Eine tiefe männliche Stimme, warm, vertraut. Es konnte
bloß Stephen sein.

Ich nahm mein Smartphone und stellte es ab. Das sollte
man übrigens häufiger mal tun.

»Leg dich aufs Bett«, sagte die tiefe Stimme.

Ich tat, was der Mann gesagt hatte, und war überrascht, wie hart die Matratze war. Außerdem war sie bis auf eine Bettdecke leer, wo immer sich Stephen befand, hier war er nicht.

»Und jetzt ziehst du dich aus.«

»Bist du denn auch ausgezogen?«, fragte ich vorsichtig.

Keine Antwort, anscheinend waren die heute nicht vorgesehen.

Ich streifte erst meine Schuhe ab, selbstverständlich meine Socken, dann meine Hose und meine Bluse. Meinen Spitzen-BH und den Slip ließ ich vorsichtshalber an.

»Bist du ausgezogen?«, fragte Stephen.

Ich nickte, was er in der Dunkelheit offensichtlich nicht sehen konnte. »Ja, bis auf die Unterwäsche. Ich wollte dir auch noch was zu tun geben.«

»Zieh die Unterwäsche aus.«

Ich war ja gerne ein wenig devot, aber im Dunkeln kam mir das ziemlich unheimlich vor.

Andererseits erregend.

Natürlich hatte ich *Fifty Shades of Grey* gelesen, also weiter als die meisten Frauen, nämlich bis Seite 5.

Denn Grey hatte nicht nur den Psychopathen gespielt, er war fraglos einer.

Und so was konnte keine Frau gebrauchen, nicht mal in der Fantasie.

Bei Stephen hingegen wusste ich, dass er Marienkäfer genauso gern hatte wie ich, dass er Blumen lieber im Topf verschenkte und dass er Mario Barth für die *BILD-Zeitung* des deutschen Humors hielt.

Wobei ich in der Frage eher zum *Wachturm* tendiert hätte, aber das sind Feinheiten.

Also zog ich meinen BH aus, ebenso den Slip. »Jetzt bin ich so nackt wie, äh, Buddha mich geschaffen hat.«

*Bitte? Das war ja wohl ich! Steht schon in der Bibel.*
*Gott*

*Der selbst ernannte Schöpfer der Welt hat es damals nicht mal geschafft, den Müll runterzubringen. Warum sonst hängt der Mond da noch sinnlos rum? Wie soll dieser Faulpelz Menschen erschaffen haben?*
*Ich hingegen wüsste nicht, warum ich einen Mensch kreieren sollte. Die verbocken es eh immer und landen in der nächsten Runde im Ameisenbau. Wenn überhaupt.*
*Buddhine*

Ich hörte, wie sich etwas bewegte. Hatte sich Stephen aufs Bett gelegt? Müsste die Matratze dann nicht ein wenig nachgeben?

»Und jetzt zieh dir den Umschnalldildo um.«

»Was?« Ich schluckte.

Wieder Stille. Ich fuhr mit der Hand die Matratze entlang, entdeckte tatsächlich etwas, das sich anfühlte wie ein Umschnalldildo.

Nun mögen Frauen früher gemacht haben, was Männer ihnen gesagt haben, möglicherweise hatten sie keine Wahl, doch ich hatte eine.

»Nein«, sagte ich. »Und nur, dass du es nicht missverstehst. Nein heißt bei einer Frau nicht Ja.«

»Was?«

Vielleicht waren chinesische Männer Widerspruch nicht gewohnt, aber es gab keinen Grund, dass sie es nicht lernen konnten.

»Soll ich mich wieder anziehen, oder kommst du jetzt auch aufs Bett?«, fragte ich.

Ich spürte, wie die Matratze nachgab, dann fuhren seine sanften Hände von meinen Fußfesseln an nach oben.

Langsam, kreisend, ein paar Zentimeter vor, dann wieder einige zurück.

Das gefiel mir schon deutlich besser als die Anweisungen aus der Dunkelheit.

Stephen streichelte sich weiter nach oben, und als er meine Oberschenkel erreichte, kam es mir so vor, als wäre ein ganzer Spatzenschwarm in meinem Bauch gerade aufgeschreckt.

Er sandte seinen Fingern Küsse hinterher, und ich konnte keinen klaren Gedanken mehr fassen.

*Ich dachte, das gibt es bloß bei Männern.*
*Christine*

*Was machst du denn jetzt hier? Kann ich nicht mal fünf Minuten allein sein?*
*Tomasa*

*Okay, ich geh ja schon, denk an die Verhütung.*
*Christine*

*Du bist echt eine Spaßbremse! Im Übrigen, hast du schon mal was von der Menopause gehört?*
*Tomasa*

*Ich sollte doch gehen, oder hast du es dir wieder anders überlegt?*
*Christine*

»Alles okay?«, fragte Stephen. »Du wirkst irgendwie abwesend.«

Ich fragte mich, wie er das in der Dunkelheit hatte merken können. Er ließ seine Finger noch weiter nach oben wandern, und ich vergaß alles, was er oder irgendjemand sonst gerade gesagt hatte.

Was dann geschah, darüber werde ich schweigen, als wäre ich ein Gentleman.

*Ich war nicht wirklich nackt. Ich hatte nur keine Kleider an.*
Josephine Baker, Tänzerin, Sängerin, Schauspielerin

## 16 Peking, 3. November

In der Dunkelheit verlor ich jegliches Zeitgefühl, irgendwann döste ich einfach weg.

Ich merkte gar nicht, dass Stephen nicht mehr neben mir lag oder vielleicht nie gelegen hatte.

Als ich aufwachte, war ich allein.

Die Vorhänge waren aufgezogen, es war dennoch dunkel, offensichtlich war die Sonne bereits untergegangen.

Ich zog mich an, blickte im Bad in den Spiegel, sah sehr zufrieden aus und verließ das Zimmer.

Ich wechselte in das unsere und wollte Christine erzählen, wie toll alles gewesen war, doch ich fand bloß einen Zettel von ihr auf dem Bett, auf dem stand, dass ich ein riesiges Arschloch sei.

Nun gibt es aus guten Gründen keine weibliche Form für Arschloch, und so fühlte ich mich nicht angesprochen.

Der Germanist möge einwenden, dass diese Körperöffnung sachlichen Geschlechts ist, aber ich habe nun mal in meinen Leben häufig den Satz »Er ist ein Arschloch« gehört, allerdings noch nie »Sie ist ein Arschloch«.

Mir schwante selbst, dass ich gerade meiner Lieblingsbeschäftigung nachging, dem Verdrängen und sinnlosen Herumargumentieren an Nebensächlichkeiten, anstatt mir darüber Gedanken zu machen, was Christine so aufgeregt hatte.

Ich überlegte mir, wo ich in solch einer Situation hingehen würde, da es jedoch in Peking wahrscheinlich keine

Konditorei mit Cremeschnitten gab, fiel das schon mal weg.

Einen Friseursalon gab es hingegen, doch wie sollte Christine der Friseurin beibringen, wie die Haare zu schneiden waren? Außerdem trug Christine seit Jahren einen schwarzen Pagenschnitt, während ich alle Moden mitgemacht hatte.

Oder wohl eher durchgestanden.

Die Achtziger waren frisurentechnisch eine Katastrophe gewesen, von den Neunzigern reden wir besser gar nicht, und bei den Nullerjahren sagt ja schon der Name, was da zu erwarten gewesen war.

Frustshoppen wäre die nächste Möglichkeit, vielleicht sogar die wahrscheinlichste.

Ich verließ das Hotel und ging die schmale Straße daneben entlang, an der sich ein Geschäft an das nächste reihte. Vor jedem Laden blieb ich stehen und schaute hinein. In einem wurden auf engster Fläche Motorroller, Waschmaschinen, Holzmöbel und Kaltgetränke verkauft.

Christine war nicht da.

Neben einem kleinen Supermarkt lag eine Boutique mit Lederkostümen, leider konnte ich nicht hineinsehen, also öffnete ich die Tür und trat ein.

Eine charmante Verkäuferin begrüßte mich, ich fragte auf Englisch nach Christine, natürlich verstand sie mich nicht.

Es dauerte allerdings einen Moment, bis ich das verstand, denn sie führte mich nach hinten in den Laden, stellte mich vor eine Umkleidekabine und zeigte mir ein schwarzes Lederkorsett.

Ich schüttelte den Kopf, doch die Verkäuferin überredete mich mit Händen und Füßen, das Teil anzuprobieren.

Es stand mir perfekt.

Genau wie der Rock, den sie mir empfahl.

Und die Unterwäsche.

Kurz und gut, ich kam mit vier vollen Taschen und leerer Kreditkarte aus dem Laden raus.

Ich wollte gerade zurück auf unser Zimmer, um zu schauen, ob Christine wieder da war, da blieb mein Blick an der Hotelbar hängen.

Eine Frau in schwarzen Lederklamotten und mit schwarzem Pagenschnitt beugte sich über den Tresen, ihre Bewegungen wirkten ein wenig fahrig, wie bei einer Betrunkenen. Zu ihren Füßen schlief ein Rauhaardackel.

Ich ging zu ihr und tippte ihr auf die Schulter.

Christine fuhr herum, sah mich, wie ich da freudestrahlend mit meinen vier Einkaufstaschen stand.

»Ich dachte, wir haben heute Abend ein Konzert«, sagte sie und leerte ein kleines Glas mit einer klaren Flüssigkeit, die definitiv kein Wasser war. »Stattdessen bist du stundenlang weg und gehst shoppen?«

Ich zuckte mit den Schultern. »Na ja, und du betrinkst dich in der Hotelbar. So was hätte ich eher von einem Mann erwartet.«

Christine stand auf und blickte mich feindselig an. »Ich glaube, du wolltest nur wegen Stephen nach China, und damit du nicht allein bist, wenn er dich abschießt, hast du mich mitgenommen. Und es gibt gar keine Konzerte.«

Bevor ich die Universalausrede für alle Gelegenheiten anbringen konnte, dass alles ganz anders war, redete Christine schon weiter.

»Du musst dich endlich mal unabhängig von den Männern machen, das tun, was für dich gut ist, nicht für sie.«

»Oh, was wir gerade getan haben, war sehr gut für mich, wir hatten gerade wunderbaren, äh …«

Ich hielt inne, Sex war es nicht gewesen, also im technischen Sinne. Eher Petting.

Ich überlegte, ob ich das Christine erzählen sollte, wie Freundinnen es so tun, da torkelte sie schon davon.

*Dein versonnener Gesichtsausdruck hat mehr erzählt als tausend Worthülsen.*
*Christine*

Erst wollte ich ihr nach, doch dann wurde mir klar, dass ich gar nicht wusste, was ich ihr sagen sollte.

Vielleicht brauchte ich dazu ein oder zwei Getränke.

Denn bekanntlich liegt ja im Wein die Wahrheit.

*Ich glaube, dass zu lügen der freundlichste, kreativste und*
*liebevollste Umgang unter Menschen sein kann,*
*denn die Wahrheit ist der Trostpreis der Einfallslosen.*
Lisa Eckhart, österreichische Kabarettistin

## 17 Peking, 4. November

Welchen Wein ich an der Bar auch probierte, alle
schmeckten furchtbar. Selbst der Pfälzer Riesling, herkunfts-
bedingt einer meiner Lieblinge, kitzelte den Gaumen wie
verdünnter Essig.

*Ist das nicht immer so?*
*Christine*

*Blödsinn! Die Pfalz hat traditionell die besten Weißweine in*
*Deutschland und die schönsten Weinköniginnen.*
*Tomasa*

*Sowie die unfähigsten Politiker, insbesondere, wenn sie mal*
*Weinkönigin gewesen sind.*
*Christine*

*Helmut Kohl ist mal Weinkönigin gewesen?*
*Tomasa*

Der Alkohol vernebelte dermaßen meine Sinne, dass ich an
der Theke wegnickte und mir Helmut Kohl erschien. Er trug
die traditionelle Pfälzer Weinköniginnentracht, sah darin
aus wie ein Nilpferd, lehnte sich an die Berliner Mauer, die
brach ob des Gewichts zusammen, und alle feierten ihn als
Kanzler der Einheit.

Ich wachte wieder auf, schaute auf mein Handy und sah eine SMS von Stephen.

*Musste nach Shanghai. Ich melde mich.*

Ich zeigte ihm den Stinkefinger, das heißt, meinem Handy, schleppte mich in unser Zimmer, legte mich neben Christine und wollte gerade in den schönsten Tönen einschnarchen, da rüttelte sie mich wach.

»Was ist jetzt mit dem Konzert?«

»Wurde abgesagt.«

Ich ließ die Augen geschlossen, ich hatte jetzt absolut keine Lust auf ein Problembewältigungsgespräch.

*Das hast du nie.*
*Christine*

*Doch, hab ich immer, wenn es um die Probleme anderer Leute geht.*
*Tomasa*

Ich stellte mich schlafend, Christine rüttelte mich erneut.

»Und weswegen?«

»Erzähle ich dir morgen. Genieß einfach mal die Zeit hier!«

»Wie soll ich die denn genießen? Ich habe mich extra bei Momo angemeldet, dem chinesischen Tinder, sogar meine Anzeige ist auf Chinesisch, aber die Männer ignorieren mich. Selbst die hässlichen, die ich daheim nicht mal mit dem Arsch angucken würde.«

Ich sparte mir die Frage, ob Christine in ihrem Po Augen hatte, und seufzte. »Du musst eben nach der großen Liebe suchen.«

Dann kuschelte ich mich wieder in meine Bettdecke.

Im nächsten Moment fühlte ich mich, als wäre ich

aus Versehen unter der Hoteldusche eingeschlafen.

»Hey!«, rief ich.

Christine stand mir gegenüber, mit einem leeren, tropfenden Papierkorb aus Plastik.

Mein Kopf war nass, das Bett ebenfalls.

»Bist du jetzt wieder nüchtern?«, fragte sie.

»Wieso, muss ich noch Auto fahren?« Ich schob mir die nassen Haare aus dem Gesicht.

»Du schleppst mich hier nach China, vergnügst dich, lässt mich die ganze Zeit allein, und unsere versprochenen Konzerte finden nicht statt. Was soll das?«

»Das hat sich Grönemeyer auch schon gefragt …«

»Ich hab keine Lust mehr auf Scherze.« Christine setzte sich aufrecht vor mich hin. »Weswegen wurde unser Konzert abgesagt?«

Seufzend richtete ich mich auf. »Bin gleich wieder da.«

Aus dem Bad holte ich ein Handtuch und merkte, dass ich wieder einen klaren Kopf hatte. Ich trocknete mich ab, trank einen Schluck Wasser.

»Die Pekinger Behörden haben sich an unseren Kommentaren zur politischen Lage gestört«, sagte ich schließlich.

Christine zeigte mir den Vogel. »Wir haben doch gar keine abgegeben.«

»Eben.«

»Was?«

Ich zuckte mit den Schultern. »Man hat von uns Lobpreisungen erwartet, dass wir in diesem großartigen Land spielen dürfen. Tolles Publikum, tolles Land, tolles Essen.« Ich seufzte erneut. »Wir haben nicht einmal getwittert, kein Facebook, Instagram und TikTok schon gar nicht. Das verstehen die nicht. Das ist wie ein virtueller Hungerstreik. Die höchste Form der Provokation.«

»Wir sind keine Influencer. Und das ist gut so.«

»Die hatten extra am Flughafen an der Gangway einen Papierkorb aufgestellt, in den die westlichen Staatschefs immer ihre Menschenrechtsreden werfen, kaum sind sie in China gelandet. Und bei uns war der Papierkorb leer.«

Christine nickte ungläubig. »Wir halten auch keine Reden.«

»Das können die sich nicht vorstellen. Wir Westler geben zu allem unseren Senf ab, schwingen die Moralkeule, wir glauben, alles besser zu wissen. Vor allem wenn man aus Deutschland kommt.«

Christine rieb sich die Stirn. »Das mag stimmen, aber was ist jetzt mit unserer Tour?«

»Wir spielen morgen in Shanghai. Die sind liberaler. Wenn wir noch ein paar schöne Bilder posten, sollte das klappen.« Ich gähnte. »Jetzt muss ich erst mal ins Bett, fit sein, für morgen.«

»Also gut«, sagte Christine. »Vielleicht stehen die Männer dort auf mich.«

Ich atmete tief aus, fand, ich hatte das super gedeichselt. Ich war mir sicher, jetzt würde alles gut werden, legte mich aufs Bett, und alles war klatschnass.

*Wer die Wahrheit sagt, braucht ein schnelles Pferd.*
Chinesisches Sprichwort

## 18 Peking, 4. November

Ich wachte am nächsten Morgen auf, und meine Nase lief, als hätte jemand daran einen Wasserhahn angeschlossen.

»Steck mich bloß nicht an.« Christine saß auf der Bettkante, in ihr Handy vertieft. »Wenn ich keinen Ton rausbekomme, können wir das Konzert gleich vergessen.«

Wahrscheinlich versuchte sie, online wieder irgendwelche Typen aufzureißen.

*Das ist so falsch, das kannst du dir gar nicht vorstellen. Außerdem musste ich mich irgendwie ablenken, in der Nacht hatte ich nämlich einen furchtbaren Albtraum. Ich hing in einem Aufzug fest, zusammen mit Michael Bolton, Brian Adams und John Bon Jovi. Und ich hatte eine Pistole mit nur einer Kugel ...*
*Christine*

*Wie auch immer. Es war schön, wie gut wir uns trotz all der Probleme immer noch verstanden.*
*Tomasa*

*Okay, ich habe dich jetzt nicht direkt gehasst, wärst du allerdings an einer Herz-Lungen-Maschine angeschlossen gewesen, hätte ich die ausgestöpselt, falls mein Handy Akku gebraucht hätte. Und sonst vielleicht auch.*
*Christine*

*Hätte, hätte, Caipirinha ohne Limette.*
*Tomasa*

*Der Spruch geht anders, das hat schon Lothar Matthäus bewiesen. Aber genau wie er bist du ein helles Köpfchen.*
  *Jedenfalls mitten in der Nacht.*
  *Wenn es stockdunkel ist. Und du die Leuchtfarbentattoos aus der Technodisco noch auf der Stirn trägst.*
*Christine*

Christine blickte wieder auf ihr Smartphone. »Um wie viel Uhr spielen wir heute in Shanghai?«

»Zweiundzwanzig Uhr«, antwortete ich wie aus der Pistole geschossen. Es war erstaunlich, wie leicht einem das Lügen fiel, wenn man erst mal damit angefangen hat.

»Und wie soll das funktionieren?« Christine zeigte mir irgendeine Karte auf ihrem Display. »Das sind über zwölfhundert Kilometer! Und die Flugtickets für heute sind alle ausgebucht.«

»Wir fahren mit dem Zug.«

»Wann willst du ankommen? Morgen Abend?«

»Wir sind nicht in Europa«, meinte ich. »Hier ist die Zukunft. Der Zug braucht keine fünf Stunden für die Strecke.«

»Poste das doch bei Instagram«, sagte Christine und klang irgendwie gehässig. »Dann klappt es vielleicht mit dem Konzert heute Abend.«

Wider Erwarten war es kein Problem, am Bahnhof ein Zugticket zu kaufen, da alle Orte ebenfalls in Englisch angeschrieben waren. Das Ticket kostete in etwa so viel wie das Taxi von Berlin-Schönefeld in die Innenstadt.

Außerdem gab es beim Einsteigen kein Gedrängel, weil alle Passagiere exakt vor ihrem Waggon warteten, an einer Stelle, wo sie den Aussteigenden nicht im Weg standen. Außerdem durfte jeder in Fahrtrichtung fahren, weil man die Sitze einfach umdrehen konnte.

Und so etwas wie Sackbahnhöfe waren in China total unbekannt.

*Logisch, wenn man einfach die Häuser enteignen kann, die einer optimalen Streckenführung im Weg stehen.*
*Christine*

*So war das mit den Planeten auch, als ich die Milchstraße gebaut hab. Einfach gesprengt, und Ruhe war. Hach, waren das schöne Zeiten.*
*Gott*

Zu meiner Überraschung gab es im Zug stabiles und schnelles Internet, vielleicht sollte die Deutsche Bahn mal nachfragen, wie man das macht.

Oder Deutschland überhaupt.

Damit Christine Ruhe gab, postete ich ein paar Lobeshymnen über den Zug bei Facebook und Instagram, was wie immer niemand likte.

Irgendwie war das ein schönes Gefühl, dass sich manches nie änderte.

Allerdings fand ich es ein wenig irritierend, dass man im Zug rauchen durfte.

*Ich fand das super, und hätte ich nicht längst wieder mit dem Rauchen angefangen, wäre das der perfekte Grund gewesen.*
*Christine*

Außerdem war gewöhnungsbedürftig, dass jeder Essen mitgebracht hatte, als wäre eine Hungersnot ausgebrochen. Und dass die Essensreste einfach auf den Boden geworfen wurden, bis die Zugsaftschubse einmal durchkehrte.

*Bei mir gab es nix zu kehren. Ich sag euch, das war ein einziges Paradies.*
*Hugo*

Die Zugfahrt verging schneller als im Flug, weil die ganzen Sicherheitskontrollen wegfielen, die Warterei am Gate und die Sicherheitshinweise im Flugzeug ebenso. Außerdem weil ich mir ständig die Nase putzen musste und die ganze Zeit mit Stephen chattete.

Also ich mit ihm, nicht er mit mir.

Das kennen wir Frauen ja, Einbahnstraßenkommunikation.

Er meinte, er sei so beschäftigt, eine ganz große Sache, immerhin wollte er wissen, wann wir in Shanghai ankommen.

Kurz darauf rief er mich an. »Du bist meine große Liebe, mein Stern am Abendhimmel, meine Nofretete, meine Aphrodite ...«

*So ging das noch fünf Minuten weiter. Ich hab das heimlich gekürzt, ist ja nicht auszuhalten.*
*Christine*

*Das hab ich sehr wohl bemerkt, aber manche der Kosenamen waren mir im Nachhinein dann doch ein wenig peinlich.*
*Tomasa*

*Meinst du etwa Hasenpups, Quietscheentchen und Dum-Dum-Geschoss?*
*Christine*

»Euch kommen zwei Jungs abholen«, sagte Stephen schließlich. Da war wieder diese warme, tiefe, vertraute Stimme, selbst durch das Telefon. »Folgt ihnen einfach, sie bringen euch zu mir.«

»Woran erkenne ich die Jungs denn?«

»Sie erkennen euch, ihr seid einzigartig, unvergleichlich, phänomenal …«

*Ihr könnt euch denken, wie das weiterging. Ich verdrückte mich derweil erst mal auf die Zugtoilette, um mich dort für unser Konzert mit Schminke und Haarspray schon mal aufzuporschen.*
*Christine*

Wir stiegen in Shanghai aus dem Zug und schleppten unsere schweren Koffer hinaus.

*Also mein Koffer war ganz leicht.*
*Christine*

*Klar, wenn man nur ein Mikrofon transportieren muss. Und dann auch noch den erstbesten Typen bittet, einem zu helfen.*
*Tomasa*

*Ich musste Hugo tragen, schließlich dürfen Dackel keine Treppen laufen.*
*Christine*

Verloren standen wir auf dem Gleis, die Koffer neben uns, Hugo auf Christines Arm. Es wimmelte von Menschen, und obwohl wir nun schon ein paar Tage in China waren, sahen für mich alle gleich aus.

*Das ist für Asiaten auch nicht anders, wenn sie Europäer unterscheiden sollen. Wie man an der Miami University*

*herausgefunden hat, werden Gesichter von Mitgliedern der eigenen Gruppe prinzipiell genauer wahrgenommen als die von Personen, die wir einer fremden Gruppe zuordnen.*
*Christine*

*Na klasse, dann wird es den Asiaten mit uns genauso gehen. Und wir stehen hier ewig rum.*
*Tomasa*

*Allerdings standen auf dem Bahnsteig viel mehr Chinesen als Westler, also kein Grund, sich schon wieder unnötig Sorgen zu machen.*
*Christine*

Zwei adrette junge Männer gingen auf uns zu, der eine mit langen, der andere mit kurzen schwarzen Haaren, sie hielten ein Tablet in der Hand, auf dem *Purwien & Kowa* stand.

In dem Moment wusste ich, dass endlich alles gut werden würde.

*Intuition ist übrigens die Fähigkeit, die Lage in Sekundenschnelle falsch zu beurteilen. Das war alles zu schön, um wahr zu sein.*
*Christine*

*Ich weiß zwar nicht, ob Hunde einen wissenschaftlich bewiesenen siebten Sinn haben, aber ich hatte schon damals ein beschissenes Gefühl. Und im Nachhinein muss ich sagen, es hätte noch viel beschissener sein müssen.*
*Hugo*

*Wenn der Hund nicht geschissen hätte,*
*hätte er den Hasen noch gekriegt.*
Erich Honecker, passionierter Jäger und Grenzschützer

## 19 Shanghai, 4. November

Die beiden jungen Männer nahmen sofort unsere Koffer und lächelten uns an. »Follow us.«
Sie waren groß, muskulös, fast wie Bruce Lee in jung.

*Der ist nie alt geworden, zweiunddreißig genau genommen.*
*Christine*

*Aber der ist in Hongkong geboren, oder?*
*Tomasa*

*Falsch, in San Francisco. Immerhin ist er in Honkong ge-*
*storben.*
*Christine*

*Und seine letzten Worte waren: »Begrabt mein Herz an der*
*Biegung des Flusses.«*
*Tomasa*

*Schon wieder falsch, das war nicht Bruce Lee, sondern Dee*
*Brown, der die Worte Sitting Bull in den Mund gelegt hat.*
*Ein Funfact in dem Zusammenhang ist, dass Bruce Lee und*
*Jimi Hendriks beide am 27. November geboren wurden und*
*bei ihrem Tod denselben Gerichtsmediziner hatten, obwohl*
*Jimi Hendrix nicht in Hongkong, sondern in London ge-*
*storben ist.*
*Christine*

*Wobei Funfact in dem Zusammenhang doch eher unpassend ist.*
*Tomasa*

*Okay, hier hab ich einen echten Funfact: Amanda Lear wurde angeblich in Hongkong geboren, teilweise hat sie behauptet, es sei Saigon. Außerdem ist unklar, ob sie als Mann zur Welt kam. Ich würde mal sagen, alles in allem hat da die Hebamme nicht sonderlich gut aufgepasst.*
*Christine*

Plötzlich hielt der Hübsche der beiden jungen Männer an, sein Kopf fuhr herum, das lange Haar wehte im Wind, als wären wir in der »Drei Wetter Taft«-Werbung gelandet.

*Entschuldigung, dass ich schon wieder unterbreche, aber hast du gewusst, dass am Klimawandel ganz allein die »Drei Wetter Taft«-Frau schuld ist? Seit den Achtzigern düst sie ständig mit dem Privatjet durch die Weltgeschichte, und das Ozonloch hat sie auch verursacht.*

*Außerdem hat sich noch nie jemand überlegt, was sie da eigentlich macht. Berlin, London, Paris, bei jedem Wetter. Und alles, was sie interessiert, ist, dass ihr Haar gut aussieht?*

*Sie ist aufreizend gekleidet, ein wenig dominant, frivoler Blick.*

*Eindeutig, es ist eine Edelnutte.*
*Christine*

Der Hübschling lächelte uns an, seine weißen Zähne strahlten, als hätte er im Abklingbecken eines Atomkraftwerks gebadet.

»Do you want to drink the best tea in town?« Er deutete auf eine edle, hölzerne Pagode. »It's just around the corner.«

*Bevor ihr glaubt, wir wären hier in einem Songtext von Cock Robin gelandet, übersetzte ich die englischsprachigen Dialoge von hier ab.*
*Christine*

*Das wäre übrigens ein passender Name für einen Pornodarsteller.*
*Tomasa*

*Spielt Cock Robin dann zusammen mit Batman in* Stoß langsam I bis IV?
*Christine*

*Na, besser als in* Schamlos in Seattle.
*Tomasa*

Christine schüttelte den Kopf. »Wir haben heute Abend ein Konzert, besser wir gehen direkt ins Hotel.«

»Dort müsst ihr ohnehin bloß warten, bis die Vorband den Soundcheck beendet hat«, sagte der mit dem kurzen Haar und warf Christine einen langen Blick zu. »Außerdem wäre es uns eine Ehre, mit solch attraktiven Frauen einen Tee zu trinken.« Er beugte sich hinab zu Hugo. »Und für dich haben wir ein Leckerli.«

Ich hätte ja allem widerstehen können, aber nicht dem Blick, den Hugo uns schenkte.

Also gingen wir in die Pagode, in deren Erdgeschoss ein heimeliges Café im chinesischen Stil untergebracht war.

*Man hat dort nur Tee serviert, also war es wohl eher ein Teé.*
*Christine*

Stühle gab es keine, daher mussten wir uns im Schneidersitz auf ein paar seidene Kissen setzen. Sofort brachte uns eine

Bedienung zwei Speisekarten, doch unsere Begleiter schüttelten die Köpfe und strahlten uns an.

»Ihr seid hergekommen, um den besten chinesischen Tee zu trinken, oder?«, fragte der Langhaarige.

Ich nickte vorsichtig. »Was kostet denn der?«

Unsere Begleiter winkten ab.

»Nicht der Rede wert.« Dann sagte der Langhaarige etwas auf Chinesisch zur Bedienung, sie nickte und verschwand.

Kurz darauf trat ein älterer Mann mit riesigem Bart an unseren Tisch, der ausgesehen hätte wie ein chinesischer Hipster, wäre er nicht so alt gewesen. Er setzte ein Holztablett mit Füßchen vor uns auf dem Boden ab. Auf das Tablett platzierte er eine größere Tasse mit Deckel darauf, die er »*gaiwan*« nannte. Vor jeden von uns stellte er ein Teeschälchen, dann eines vor sich selbst und eine Schüssel mit kaltem Wasser vor Hugo.

Der alte Mann nahm einen Wasserkocher, erhitzte das Wasser darin, schüttete es in den *gaiwan* und anschließend in unsere Tassen, ohne dass er Tee hineingegeben hätte.

»Das macht man, um die Teeschälchen und den *gaiwan* zu erwärmen«, erklärte der Langhaarige.

Das Wasser wurde wieder ausgeschüttet, der Mann gab Teeblätter in den *gaiwan*. Bei allem ließ er sich so viel Zeit, als könnte man die am Automaten kaufen.

Schließlich goss er kochendes Wasser über die Blätter und schenkte es sofort in unsere Schälchen ein, sodass der Tee keine Sekunde hätte ziehen können.

Irgendwie kam ich mir verarscht vor, lächelte jedoch. Darin sind wir Frauen ja wahre Meister.

*Das mit dem Verarschen kommt noch, wart's ab.*
*Christine*

Nun nahm der Teemeister unsere Schälchen und leerte sie erneut aus, ohne dass wir daraus hatten trinken können.

»Beim ersten Aufguss werden nur die Teeblätter geöffnet, um die Bitterkeit zu lindern«, erklärte der Langhaarige weiter. »Er dient dazu, die Nase zu animieren und sich auf den eigentlichen Teegenuss einzustimmen.«

Ich war schon mehr als eingestimmt, Christine blickte auf die Uhr.

*Das hätte ich auch getan, wenn ich eine hätte. Denn ich fragte mich die ganze Zeit, wo mein verdammtes Leckerli blieb.*
*Hugo*

*Wieder brachte der Teemeister Wasser zum Kochen und goss es über die Teeblätter in diese Tasse mit Deckel, deren Name ich schon wieder vergessen hatte.*

*Gaiwan.*
*Christine*

Dann zog der Tee eine Weile, und endlich wurde er durch ein Sieb im Uhrzeigersinn in die Schalen gegossen.

Ich hatte durch das ganze Hin und Her wirklich Durst, wollte zu meinem Teeschälchen greifen, doch der Langhaarige stoppte meine Bewegung.

»Bevor wir den Tee genießen können, wollen Farbe und Aroma bewundert werden.«

»Ganz toll«, erwiderte ich und trank.

Der Teemeister räusperte sich, sagte jedoch nichts.

Alle anderen warteten, bis die Unendlichkeit zweimal durchgelaufen war, und tranken dann.

Ich wollte gerade aufstehen, als der Teemeister erneut Wasser aufkochte und eine zweite Runde Tee servierte.

Schließlich eine dritte, eine vierte und eine achte.

*Hast du nicht drei Runden vergessen?*
*Christine*
*Nein, ich war zwischendurch eingenickt.*
*Tomasa*

Schließlich nahm der Teemeister die gebrauchten Teeblätter aus dem *gaiwan*, legte sie in eine saubere Teeschale und reichte sie uns.

Irritiert nahm ich sie entgegen
»Und was soll ich jetzt damit tun?«, fragte ich. »Mir unters Kopfkissen legen?«

»Das ist ein Beweis seiner Aufrichtigkeit, damit jeder Gast weiß, dass er frische, unverbrauchte Teeblätter erhalten hat.«

Wir wollten gerade aufstehen, als Hugo bellte.

*Was hätte ich denn sonst tun sollen? Schließlich hatte ich mein Leckerli immer noch nicht.*
*Hugo*

Der Langhaarige sagte etwas auf Chinesisch zur Bedienung, und Hugo bekam einen Streifen getrocknetes Rindfleisch, das so hart war, dass er sich beinah die Zähne daran ausbiss.

Ich stand auf, verlangte die Rechnung, wollte an der Kasse bezahlen und setzte mich gleich wieder.

Dem Rechnungsbetrag zufolge wäre es billiger gewesen, statt Tee flüssiges Gold zu trinken.

*Der menschliche Körper besteht zu neunzig Prozent aus Wasser.*
*Wir sind also Gurken mit Gefühlen.*
Unbekannter Autor, wahrscheinlich aber eher
ein Biobauer als ein Rechtsmediziner

## 20 Shanghai, 4. November

Ich zeigte Christine die Rechnung.

»Siebzehntausend Yuan?«, fragte sie. »Wie war noch mal der Wechselkurs?«

»Acht zu eins«, antwortete ich. »Das sind mehr als zweitausend Euro.«

Ich blickte mich nach den beiden jungen Männern um, konnte sie jedoch nirgends entdecken. Wahrscheinlich waren sie gerade für kleine Adonisse gegangen.

Ich hielt der Bedienung die Rechnung hin. »Es handelt sich wohl um ein Versehen, wir haben nur Tee getrunken und ein Leckerli gegessen.«

Die Bedienung lächelte mich an, nahm die Rechnung mit beiden Händen entgegen, wie man es hier tat, um dem Gast seine Wertschätzung mitzuteilen.

»O ja, stimmt«, sagte sie. »Da ist ein Fehler passiert.«

Ich lächelte Christine triumphierend an, wischte mir den Schweiß von der Stirn, atmete entspannt aus.

Die Bedienung reichte mir die Rechnung erneut, schenkte mir ein zuckersüßes Lächeln. »Entschuldigung, wir hatten das Leckerli vergessen.«

Ich blickte auf die Rechnung, jetzt waren es achtzehntausend Yuan.

»Das ist Betrug!«, sagte ich, suchte wieder mit den Blicken die beiden jungen Männer, anscheinend hatten die ein ganz schön großes Geschäft zu erledigen.

*Ich würde eher sagen, sie haben es gerade erledigt, ihre Provision kassiert und sind verschwunden.*
*Christine*

Die Bedienung reichte mir die Speisekarte. »Schauen Sie, alles geht mit Recht und Ordnung zu.«
 Tatsächlich, einmal Teezeremonie kostete siebzehntausend Yuan, selbst das Hundeleckerli war aufgeführt und kostete einen Tausender.

*Mit Bier wäre das nicht passiert, was beweist, dass Biertrinker ehrlicher sind.*
*Christine*

*Sag das nicht, ich hab für ein Bier auch schon zweihundert Euro bezahlt.*
*Tomasa*

*Das lag an den nackt tanzenden Männern, die dir das serviert haben.*
*Christine*

»Das Wasser für den Hund geht übrigens aufs Haus.« Die Bedienung lächelte generös.
 »Das zahle ich nie«, sagte ich und nickte Christine zu. »Komm, wir gehen.«
 Endlich kamen zwei junge Männer, jedoch andere als jene, die uns in das Café geführt hatten. Die beiden waren eine Mischung aus Bodybuilder und Sumoringer, außerdem sahen sie sich recht ähnlich, fast wie Zwillinge.

*Kennst du eigentlich die unbekanntesten Zwillinge der Welt?*
*Freddy Quinn und Freddy Krüger.*
*Christine*

Der eine Sumobodybuilder trug in der Rechten eine Machete, in der Linken ein Kreditkartenlesegerät.

Ich wusste nicht, wovor ich mehr Angst hatte.

»Kreditkartenlesegerät weg, oder ich rufe die Polizei«, sagte ich.

Der zweite Sumobodybuilder zückte einen Ausweis. »Das trifft sich gut. Denn ich bin von der Polizei.«

## 21 Shanghai, 4. November

Auf unseren Kredit-, EC-Karten und in meinem Portemonnaie fanden sich achthundert Euro, umgerechnet sechstausend Yuan, was bedeutete, dass wir noch zwölftausend Yuan schuldig waren.

*Tja, in meinem Geldbeutel wären fünfhundert Euro gewesen,*
*aber das hatte mir ja dein schöner Freund schon geklaut.*
*Christine*

*Hat er nicht. Glaube ich zumindest.*
*Tomasa*

*Und wer hat uns hierhergelockt? Wenn du mich fragst, hat*
*man uns gerade shanghait.*
*Christine*

*Hinterher kann ich das auch behaupten und mir alles dazu*
*anlesen. Wusstest du, dass Großbritannien 1597 extra den Va*
*gabonds Act erlassen hat, mit dem umherziehende Matrosen,*
*Bettler, Wahrsager und andere fahrende Leute zu lebenslangem*
*Dienst in den Galeeren dieses Reichs gezwungen werden*
*konnten? Später hat man diese Praxis »shanghaien« genannt,*
*weil man sie besonders gerne in Shanghai angewendet hat.*
*Tomasa*

*Heute hingegen werden leichtgläubige Touristen in Shanghai von hübschen Einheimischen zum Tee überredet, der sich dann als völlig überteuert herausstellt. Das kommt mir irgendwie bekannt vor.*
*Christine*

*Stephen ist trotzdem unschuldig!*
*Tomasa*

*Vielleicht hätte ich das Wörtchen »leichtgläubig« fett schreiben sollen, damit du es endlich verstehst.*
*Christine*

Der Polizist öffnete meinen ersten Koffer, nahm all meine frisch erworbenen Lederoutfits heraus und sämtlichen Schmuck, nur die Liebeskugeln ließ er drinnen.

*Hast du da nicht das ein oder andere Utensil vergessen?*
*Christine*

*Und wenn schon? Eine Gentlemantine hätte dazu geschwiegen.*
*Tomasa*

Aus meinem zweiten Koffer holte er alle Synthesizer heraus, sämtliche Kabel und das kleine Mischpult, das ich für unser Konzert mitgenommen hatte, genau genommen dafür, dass Christine glaubte, wir würden ein Konzert geben.

Der Polizist schaute erneut über die Sachen, die er mir abgeknöpft hatte. »Das Zeug ist maximal fünftausend Yuan wert.«

»Was?« Ich deutete auf einen Minimoog-Nachbau, einer dieser Kopien, die nur noch einen Bruchteil des Originals kosteten. »Das ist ein echter Minimoog, ein klassischer

Analogsynthesizer, in dem perfekten Zustand allein fünftausend Euro wert. Der stammt aus den Siebzigerjahren, das war der erste Kompaktsynthesizer überhaupt.«

Der Polizist drehte das Teil auf die Rückseite. »Hier steht was von Baujahr zweitausendneunzehn.«

»Moog war halt seiner Zeit voraus.«

Er lupfte eine Augenbraue. »Nach genauerer Begutachtung würde ich sagen, der Inhalt der Koffer ist doch bloß viertausend Yuan wert.« Er nahm Christines Koffer und öffnete ihn.

*Wenn du schreibst, was er darin gefunden hat, sind wir die längste Zeit Freundinnen gewesen.*
*Christine*

Obwohl er gar nichts darin fand, rechnete er uns dafür zweitausend Yuan an.

*Wer soll denn das jetzt wieder glauben? Hältst du unsere Leserinnen etwa für dumm?*
*Christine*

*Natürlich nicht, aber die meisten werden gar nicht wissen, dass es auch männliche Sexpuppen gibt, oder?*
*Tomasa*

»Tja«, sagte der Polizist schließlich. »Es fehlen noch sechstausend Yuan.« Er zwinkerte uns zu. »Und ich weiß schon, wie wir die kompensieren.«

»Nur über meine Leiche!«, rief ich empört.

Der Polizist rollte mit den Augen. »Quatsch, von dir war nicht die Rede.«

Ich war fast ein wenig beleidigt, andererseits erleichtert.

Er ging zu Christine, stellte sich ganz nah vor sie. »Du hingegen, wirst mir etwas geben, das sechstausend Yuan wert ist.«

»Einen Tritt in die Eier?«, schlug sie vor.

Das trug zwar nicht zur Entspannung der Situation bei, fand ich jedoch die einzig richtige Antwort.

»Warum müsst ihr Frauen immer an Sex denken?«, fragte der Polizist. »Ich will etwas ganz anderes.«

Er führte uns zum Ausgang, und ich überlegte mir, was es denn sein könnte, das er von uns wollte.

Er öffnete die Tür und deutete hinaus.

Ließ er uns einfach laufen? Wollte er ein paar Instagramfotos, mit Kommentaren in Pink, wie toll alles in China war?

Oder fand er, sie hätten uns schon genug abgezogen?

Dann ging alles viel zu schnell.

Bevor wir überhaupt ahnten, was der Polizist vorhatte, schnappte er sich Hugo, schubste uns über die Türschwelle und schloss die Tür ab.

*Wenn du mich einmal betrügst – deine Schande.*
*Wenn du mich zweimal betrügst – meine Schande.*
Chinesisches Sprichwort

## 22 Shanghai, 4. November

Christine und ich hämmerten wie wild an die Tür der Pagode.

Zu unserer Überraschung öffnete sie sich nach fünf Minuten.

»Wollen Sie Tee?«, fragte uns die Bedienung.

Wir zwängten uns an ihr vorbei, rannten in den Teeraum, die beiden Sumobodybuilder waren jedoch nicht mehr zu sehen. Aus einem der Fenster sah ich draußen einen schwarzen SUV wegfahren, die beiden Schränke auf den Vordersitzen. Aus dem Heckfenster blickte uns Hugo an, verzweifelt.

Wir sprangen aus der Pagode, wollten dem Wagen nach, doch wenn man mal einen Stau brauchte, war keiner da.

Wir liefen zurück in die Pagode, fragten die Bedienung, wo die Sumobodybuilder hingefahren waren, aber auf einmal wollte sie kein Englisch mehr verstehen.

Wie wir schnell feststellten, waren auch unsere Koffer verschwunden.

»Die wollen die Synthesizer bestimmt direkt verkaufen«, sagte ich, loggte mich in eines der geschätzt achthundert WLANs ein und suchte bei Google Maps nach dem nächstgelegenen Musikgeschäft.

Wir hielten ein Taxi an und ließen uns dorthin fahren.

Davor standen allein drei schwarze SUV, genau genommen standen gar keine anderen Autos dort. Schlimm, wie sich der Geschmack der Menschen ausgerechnet dort anpasst, wo er am furchtbarsten ist.

*Im Grunde sah es so aus wie vor jeder deutschen Kita. Die Eltern dort meinen ja auch nur, sie wären keine Helikoptereltern, weil sie ihr Kind gar nicht mit dem Hubschrauber, sondern mit dem SUV zur Kita bringen.*
*Christine*

*Das erinnert mich an den neuen VW-Werbeslogan: »Unehrlich fährt am längsten.«*
*Tomasa*

Wir stürmten in das Musikgeschäft, das überraschend groß war, und rannten direkt in die Abteilung für Synthesizer.

*Die Synthpopmusiker sind mit Abstand die kaufwilligsten von allen Musikern, weil kaum jemand mehr als ein Schlagzeug, zwei Bässe und drei Gitarren braucht, aber jeder Keyboarder glaubt, Unmengen an Synthesizern anhäufen zu müssen, um seine mangelnde Kreativität und Virtuosität zu kompensieren.*
*Daher wurden wir erst durch die Schlagzeugabteilung, die für Blockflöten, die für Gitarren und die für Triangeln geleitet, bevor wir endlich zu den Synthesizern kamen.*
*Christine*

Ich erkannte die mir abgenommenen Geräte sofort, sie standen in einer Ecke.

Von den Sumobodybuildern war dagegen nichts zu sehen.

Ich fragte den Musikinstrumentenfachverkäufer, wer ihm die Geräte verkauft habe, doch er verstand mich nicht und wollte sie stattdessen mir verkaufen.

»Das bringt nichts«, sagte Christine, als ich mich schon fast mit dem Verkäufer wegen des Preises geeinigt hatte.

Wobei ich glatt vergessen hatte, dass ich gar nicht bezahlen konnte, aber das ging ja vielen im Kaufrausch so.

Als wir wieder vor das Musikgeschäft traten, standen dort nun vier schwarze SUV.

Plus der Taxifahrer, der hupte, weil wir ihn nicht bezahlt hatten.

Klar, wir hatten ja auch kein Geld.

Christine reichte ihm eine CD von uns mit Autogrammen, und er wurde noch wütender.

Ich langte in meine Manteltasche, fand die Entenfüße, die ich mach wie vor mit mir herumschleppte, und bot sie ihm an.

Er schüttelte ungehalten den Kopf.

Plötzlich fiel mir ein, wer uns helfen könnte, ja helfen musste. Ich nahm mein Handy und rief Stephen an.

»Die beiden Männer, die uns abgeholt waren, sind Betrüger! Sie haben uns alles abgenommen!«, rief ich ins Telefon. »Wir stehen hier vor einem Musikgeschäft und können das Taxi nicht mehr zahlen, du musst unbedingt kommen!«

»Jetzt beruhige dich erst mal«, erwiderte er seelenruhig. »So was passiert, da seid ihr wohl an den Falschen geraten.«

»Sie waren zu zweit«, erwiderte ich.

»Ich weiß«, sagte er. »Schließlich habe ich sie zu euch geschickt.«

»Ja, und sie haben uns alles genommen!«, wiederholte ich.

»Das ist sehr schade«, meinte Stephen. »Denn ich wollte euch ausnehmen wie fette Weihnachtsgänse. Leider habt ihr euch als Suppenhühner entpuppt. Leb wohl.«

Ich schloss die Augen, wollte einfach nicht wahrhaben, was er da sagte. »Ich dachte, das zwischen uns ist die große Liebe! Du hast doch meinen Fragebogen perfekt ausgefüllt.«

»Als du dich auf irgendwelchen Katzenvideoseiten herumgetrieben hast, habe ich deinen Computer gehackt. Dort habe ich den Fragebogen mit jenen Antworten gefunden, die du gerne gehabt hättest.« Er lachte laut auf. »Ich hab sie ein wenig umformuliert und dir geschickt.«

Immer noch prallten seine Worte an mir ab, als wäre die Realität eine Gummizelle. »Das heißt, du hast mich nie geliebt?«

»Selbst wenn ich gewollt hätte, dann hätte ich das nicht gekonnt«, antwortete er und klang ungewohnt ernst. »Aber nicht mal mehr das hast du gemerkt, weil du einfach nur einem Traumgebilde hinterherlaufen wolltest und alles andere ausgeblendet hast.« Er lachte zynisch. »Du hast geglaubt, ich wäre der ideale Mann für dich, dabei war es genau umgekehrt. Denn du warst das ideale Opfer für mich. Von den mangelnden finanziellen Möglichkeiten mal abgesehen.« Jetzt klang er fast ein wenig traurig. »Daher bin ich sehr enttäuscht von dir, Tomasa.«

*Wir werden nackt, nass und hungrig geboren.*
*Und danach wird alles noch schlimmer.*
Chinesisches Sprichwort

## 23 Shanghai, 4. November

Ich war noch völlig schockiert, als der Taxifahrer auf mein Smartphone deutete.

Das war fast so alt wie ich, in Handyjahren zumindest, weswegen der Sumobodybuilder es links liegen gelassen hatte.

Doch dem Taxifahrer schien es zu gefallen.

»Oldtimer«, sagte er.

Ich gab es ihm, weil ich in diesem Moment nie wieder mit Stephen reden wollte, der Taxifahrer steckte es ein und fuhr davon.

Da standen wir nun, ohne Geld, ohne Handy, ohne Hund.

*Erfahrung ist übrigens das, was bleibt, wenn man nichts mehr hat.*
*Christine*

*Wobei manchmal ist man hinterher gar nicht klüger. Manchmal ist man hinterher einfach ärmer oder überfressen oder betrunken oder schwanger.*
*Tomasa*

*Jetzt sag mir nicht, dass du auch noch schwanger bist!*
*Christine*

*Wie denn von Petting statt Pershing!*
*Tomasa*

»Ich dachte, bei Stephen muss es einfach klappen«, schniefte ich. »Schließlich war er meine große Liebe Nummer hundert.«

»Vielleicht ist das genau dein Problem.«

Wir setzten uns an den Bordsteinrand.

Christine nahm mich in den Arm. »Ob es die große Liebe gibt oder nicht, merkt man erst nach fünfzig Jahren Ehe.«

»Dafür ist es bei mir ein wenig zu spät«, sagte ich.

»Eben.«

Ich schaute sie geknickt an. »Seit ich in den Wechseljahren bin, fühle ich mich wie ein siebzehn Jahre alter Junge.«

»Woher willst du, bitte schön, wissen, wie sich ein Junge mit siebzehn fühlt?«

»Keine Ahnung, ist so ein Bauchgefühl.«

»Wenn du das wirklich fühlen würdest, wäre es eher tiefer angesiedelt.« Christine nahm meine Hand. »Was du brauchst, ist keine Ehe, sondern eine Freundschaft plus.«

»Das sagt grad die Richtige, du willst ja immer nur das Plus ohne die Freundschaft.«

Sie schüttelte den Kopf. »Wir waren bei deinen Problemen, nicht bei meinen.«

»Es tut mir leid, Christine«, sagte ich.

»Unser Konzert heute Abend können wir wohl vergessen, oder?«

»Es waren nie Konzerte geplant.«

»Was?« Sie blickte mich entsetzt an. »Aber was ist mit dem Goethe-Institut?«

»Hab ich alles erfunden, damit du mit nach China kommst.«

Ich erwartete, dass Christine mich nun anschrie oder weglief, sie blieb jedoch neben mir sitzen und strich über meine Hand.

»Und warum?«

»Ich wollte mal raus aus dem Trott, etwas erleben, wovon wir unseren Enkeln erzählen können, bis sie es nicht mehr hören können.«

»Was schätzungsweise schon beim ersten Mal der Fall sein wird.«

»Deswegen schreiben wir wieder ein Buch«, entgegnete ich. »Wer es gekauft hat, erfährt unsere Geschichte. Und selbst wenn das Buch dann ungelesen irgendwo verrottet, bekommen wir das trotzdem entlohnt.«

»Geld ist nie eine gute Motivation.« Christine schenkte mir einen tadelnden Blick. »Das sollten wir doch aus den ersten beiden Büchern gelernt haben, oder?«

*Was erzählt ihr denn da für einen Unsinn! Geld ist die beste Motivation, die es gibt. Ich bin deswegen sogar US-Präsident geworden. Sehr fair!*
*Donald Trump*

Ich seufzte. »Ich wollte einfach etwas haben, das mir auf dem Totenbett ein Lächeln aufs Gesicht zaubert, wenn ich daran denke.«

»Dann geb der Krankenschwester einfach eine Feder, und sie soll dich am Fuß kitzeln, wenn du am Abnibbeln bist.«

Ich musste lachen, obwohl es so traurig war.

»Na ja«, sagte ich. »Der wahre Grund war Stephen.«

Christine umarmte mich. »Ein Mann sollte nie der Grund sein, etwas zu tun, das man nicht will.« Sie zuckte mit den Schultern. »Und eine Frau genauso wenig.«

Wir saßen eine Weile nur so da, überlegten, wie wir Hugo retten konnten, doch uns fiel nichts ein. Klar, wir waren eben weder James Bond noch Wonder Woman noch Chuck Norris.

*Wusstest du, dass Chuck Norris keinen Honig isst, sondern Bienen kaut?*
*Christine*

Ich wusste nicht mal, ob Stephen tatsächlich in Shanghai war, mangels Handy konnte ich ihn auch nicht mehr kontaktieren.

Wahrscheinlich hätte er ohnehin nicht mit mir gesprochen.

Dann plötzlich hörten wir etwas.

Ein Geräusch wie von einem leisen Glöckchen, nein, einem Xylophon, aber viel weicher, viel harmonischer.

Das Interessanteste war die Melodie, die da gespielt wurde.

*Ich bin ein Roboter von Kraftwerk.*

*Zu einer glücklichen Ehe gehören meistens mehr als zwei Personen.*
Oscar Wilde, Urgroßvater von Kim Wilde,
jedenfalls in einer perfekten Welt

## 24 Shanghai, 4. November

Wir gingen den Tönen nach wie diese possierlichen Tierchen mit dem weichen Fell und den langen Schwänzen der Pfeife des Rattenfängers von Hameln.

Schließlich gelangten wir zu einem kleinen Platz, auf dem ein Chinese saß. Er spielte auf einer Klangschale. Als er uns erblickte, wechselte er sofort in *Das Model* von Kraftwerk und sang dazu.

*»Sie ist ein Model, und sie sieht gut aus.«*

In Deutsch.

Wir vergaßen für einen Moment unsere Probleme, waren gerührt, stellten uns vor ihn und hörten zu.

Der Chinese war etwas jünger als wir und fuhr mit den Fingern so virtuos über die Klangschale, dass ich alle meine Finger dafür gegeben hätte, auch so spielen zu können.

*Und wie willst du das dann machen ohne Finger?*
*Christine*

Er beendete den Song, wir klatschten beeindruckt. Gerne hätten wir etwas in seinen Hut geworfen, der vor ihm lag, doch uns waren nicht einmal ein paar Münzen geblieben.

Und außer uns hörte ihm niemand sonst zu.

Der Mann packte seinen Hut und seine Klangschale.

»It was very good«, sagte ich.

»Danke«, erwiderte der Chinese auf Deutsch.

»Leider haben wir kein Geld mehr«, meinte ich.

»Ich auch nicht.« Er lächelte, als machte ihm das gar nichts aus. »Dann können wir ja einen Verein gründen.«

Wir unterhielten uns, und Manchu Fu, so hieß unser neuer Freund, erzählte uns, er habe in Düsseldorf Musik studiert. Dann habe er jedoch eine Erleuchtung gehabt und sei wieder zurück nach China gegangen, um Klangschalentechno zu machen. Bisher sei sein Plan eher suboptimal aufgegangen.

»Hört denn irgendjemand auf der Welt Klangschalentechno?«, wollte ich wissen.

Manchu nickte euphorisch. »Ich.«

»Wir war das mit der Erleuchtung?«, fragte ich. »Hast du vergessen, nachts im Klo das Licht auszuschalten?«

»Quatsch.« Er zeigte mir den Vogel und den Scheibenwischer gleichzeitig. »Mir ist Buddha erschienen, und er hat mir gesagt, meine Aufgabe sei es, der Welt den Klangschalentechno zu bringen.«

»Bist du dir sicher, dass du ihn richtig verstanden hast und dass du der Welt nicht das Klangschalenklo bringen sollst?«, hakte ich nach.

»Kann nicht sein, ich habe das perfekte Gehör.« Er deutete auf uns. »Und was ist mit euch?«

»Ich bin froh, dass ich nicht schon taub bin.« Ich grinste.

Er blickte gen Himmel. »Ihr müsst nach Erleuchtung streben!«

Christine schüttelte den Kopf. »Wenn ich Erleuchtung will, stecke ich mir eine Taschenlampe in den Arsch!«

Manchu Fu verzog das Gesicht. »Das ist ziemlich zweideutig.«

*Jetzt hab ich euch extra zu Frauen gemacht, damit solche Sprüche nicht mehr die geistige Umwelt verpesten, und es*

*hat trotzdem nichts genutzt! Die Menschheit ist eine einzige*
*Katastrophe! Oder ihr zumindest.*
*Buddhine*

Wir erzählten Manchu von unserem Abenteuer hier und fragten ihn schließlich, ob er eine Ahnung habe, wo Hugo stecken könnte.

»Vielleicht in Yulin in Südchina«, antwortete er. »Ich habe gehört, dort steigt übermorgen ein riesiges, geheimes Hundefleischfestival.«

*Weh dem Menschen, wenn nur ein einziges Tier im Weltgericht sitzt.*
Christian Morgenstern, deutscher Schriftsteller

## 25 Shanghai, 4. November

Christine und ich blickten unseren neuen Freund fassungslos an.

»Ein Hundefleischfestival?«, riefen wir aus einem Mund.

Manchu nickte. »In vielen Gegenden in China, wie in Shanghai oder Peking, ist es verpönt, Hundefleisch zu essen, genau wie in Deutschland. In Südchina hat das jedoch Tradition, so wie Meerschweinchen in Peru, Schweinshirn in Wien, Kuheuter in Oberbayern …«

*Ganz anders hingegen die Japaner. Dort ist die Grundel ein begehrter Speisefisch, der zu hohen Preisen gehandelt wird. Verzehrt wird das Tier meistens roh und teilweise noch lebend, das wird als »odori-gui« bezeichnet, was so viel heißt wie »tanzendes Essen«.*
*Christine*

»Ich hab's verstanden«, sagte ich. »Wieso weißt du überhaupt von dem Festival, wenn es geheim ist?«

»Es ist bloß für die Ausländer geheim, damit sie nicht dagegen protestieren. Auf Wechat habe ich das aber gesehen.«

»Wo?«, fragte ich.

»Facebook ist in China ja gesperrt, Tinder und Twitter ebenso, WhatsApp auch.« Manchu zuckte mit den Schultern.

»Stephen hat mit mir aber darüber kommuniziert.«

»Dann hat er ein VPN genutzt.«

*Das ist ein virtuelles privates Netzwerk, das es einem ermög-licht, sich in eigentlich geschlossenen Systemen anzumelden. Macht man Homeoffice, kann man damit in das Firmennetz-werk und eben von China aus auf WhatsApp zugreifen, ob-wohl es dort gesperrt ist.*
*Christine*

*Was ist denn das für ein neumodischer Kram? Als ich die Erde erschaffen hab, war das alles nicht vorgesehen. Ich hätte diesen verdammten Baum der Erkenntnis einfach fällen sollen. Oder mit einem Blitz dem Erdboden gleichmachen. Oder besser sofort eine anständige Sintflut, dann wäre das Problem mit den Frauen, die alles besser wissen, gleich erledigt gewesen.*
*Gott*

*Wir wissen nun mal alles besser, sollen wir deswegen einfach den Mund halten, oder was?*
*Buddhine*

*Das hat zweitausend Jahre lang bestens funktioniert. Jeden-falls für uns Männer.*
*Gott*

»Fast alle Chinesen haben Wechat«, erklärte Manchu. »Das ist das chinesische Facebook und WhatsApp gleich mit. Und weil das fast nur Chinesen nutzen, hat die westliche Presse nichts von dem Hundefleischfestival erfahren.«

»Und wie sollen wir da hinkommen?«, wollte Christine wissen. »Wir haben kein Geld mehr.«

»Per Anhalter«, sagte Manchu. »Dann lernt ihr auch unser schönes Land kennen.«

»Südchina – ist das nicht viel zu weit?«, fragte ich.

»Quatsch, das sind bloß zweitausendachthundert Kilometer.« Manchu strahlte uns an, als hätte er eine Discokugel verschluckt. »Die vergehen wie im Flug.«

Ich wusste, dass dies aufgrund unseres angedachten Verkehrsmittels nicht stimmen konnte, aber ich hatte noch ganz andere Bedenken.

»Was ist, wenn Hugo gar nicht auf diesem Festival ist?«

Doch Manchu und Christine standen schon an der Straße und hatten ihre Daumen rausgestreckt.

*Wenn Gott gewollt hätte, dass wir laufen,*
*warum hat er uns dann Füße gegeben,*
*die exakt auf Gas-, Brems- und Kupplungspedal passen?*
Stirling Moss, Formel-1-Weltmeister

## 26 Shanghai, 4. November

Es dauerte keine fünf Minuten, da saßen wir in einem Lkw, der in Richtung Süden fuhr, vorbei an Chemiewerken, Ölpipelines und Atomkraftwerken.

»Sehr schön«, sagte ich. »Fast wie daheim in Ludwigshafen.«

Manchu lächelte. »Auf dem Land ist es noch viel beeindruckender.«

Vielleicht lag es daran, dass ich durch das Geruckel ständig einschlief oder die Begrenzungsstreifen einer Autobahn nicht gerade idyllisch sind, zumindest hatte ich selbst nach fast tausend Kilometern, drei Reisetabletten und siebzehn verschiedenen Lkw, in denen wir gesessen hatten, kein einziges schönes Fleckchen entdeckt.

Okay, wir waren die ganze Nacht durchgefahren, und da gab es nun mal nicht viel zu sehen.

Aber auch auf den nächsten hundert Kilometern, die wir in der Morgensonne absolvierten, fand ich, die hätte ich auf dem Hermsdorfer Kreuz verbringen können, das wäre nicht hässlicher gewesen.

Klar, in unberührter Natur existierte nun mal keine Autobahn.

Ich nahm eine weitere Reisetablette, obwohl mich der Verdacht beschlich, dass die Dinger gar nicht wirkten. Zu allem Überfluss unterhielten sich Manchu und Christine die ganze Zeit über Tinder.

*Das ist totaler Blödsinn, wir haben uns über Momo unter-
halten.*
*Christine*

*Momo ist nichts anderes als die chinesische Entsprechung des
Zeitdiebs Tinder.*
*Tomasa*

*Mit Tinder kann man vor allem Herzen stehlen.*
*Christine*

*Jedenfalls hatte ich schon interessantere Gespräche als dieses
mit Wollpullis.*
*Tomasa*

*Was wiederrum einiges über dich aussagt. Falls dir Tinder zu
offenherzig ist, melde dich doch bei Tinder Minus an. Deren
Slogan lautet: »Lass uns erst mal ein bisschen reden.«*
*Christine*

»Schau mal«, sagte Christine und hielt Manchu ihr
Handy hin. »Ich hab mich direkt nach unserer Ankunft in
Peking bei Momo angemeldet, meinen Text aus Tinder von
Google übersetzen lassen, und obwohl ich extra das be-
sonders freizügige Bild von mir in Latexkorsage genommen
habe, meldet sich keine Sau.«

Manchu drückte auf seinem Handy herum und deutete
dann darauf. »So sieht das bei mir aus.« Es war nur ein riesiger schwarzer Balken zu erkennen. »Anscheinend hat die
App dein Bild zensiert.«

»Was?«

»Das ist hier so üblich. Bei TikTok, einer chinesischen
Video-App, werden alle Videos unterdrückt, die von Über-

gewichtigen aufgenommen wurden, anscheinend mag der Firmenchef die nicht.« Er deutete wieder auf sein Handy. »Deinen Text müsstest du auch überarbeiten. Du schreibst, du hast Lust auf Milch, aber Chinesen bekommen von Milch Durchfall, weil ihr Europäer eine Mutation besitzt, die es euch erlaubt, als einziges Säugetier im Erwachsenenalter Milch zu trinken.«

*Der Mensch ist außerdem das einzige Lebewesen, das vernünftig denken und trotzdem unsinnig handeln kann.*
*Christine*

»Ich hab gar nichts von Milch geschrieben.« Christine schüttelte den Kopf. »Und schon gar nicht hab ich Lust auf die. Ich hab geschrieben, manchmal bin ich ein kleiner Lustmolch.«

Ich wollte weghören, da wir jedoch zusammen auf der Rückbank eines Autos saßen, ging das natürlich nicht. Ohnehin fand ich es total unpassend, sich jetzt über Freundschaft plus zu unterhalten statt darüber, wie man Hugo befreien könnte, doch so war Christine nun mal. Sie lebte im Moment.

*Das macht jeder, du versuchst nur, alle möglichen Eventualitäten zu planen, die dann nie eintreffen. Außerdem bringt es Hugo nichts, wenn ich vor lauter Sorgen ein einziges Nervenbündel bin, bis wir auf dem Hundefleischfestival eintreffen.*
*Christine*

Christine drückte auf ihrem Handy herum, dann schaute sie zu Manchu. »Du meinst also, es liegt an meinem Profil in Momo, dass mir noch niemand in China eine Freundschaft plus angeboten hat?«

Manchu wiegte den Kopf hin und her. »Tja, westliche Männer sind hier total angesagt, aber westliche Frauen … Na ja, wenn du dir Mangaaugen operieren und die Nase verkleinern lässt und Chinesisch lernst …«

»So genau wollte ich das nicht wissen.« Christine verschränkte die Arme.

Ich hoffte, das Thema war jetzt endlich erledigt, nahm wieder eine Reisetablette und stellte mich schlafend.

*Du bist doch nur so empfindlich, weil dich deine große Liebe mal wieder sitzen gelassen hat.*
*Christine*

*Und du, weil die Männer ausnahmsweise nicht bei dir Schlange stehen.*
*Tomasa*

*Bei mir steht niemand Schlange, schließlich bin ich keine achtzehn mehr.*
*Christine*

Es vergingen nicht mal fünf Minuten Stille, da stupste Christine Manchu an.

»Und du persönlich?«, fragte sie. »Könntest du dir mit mir keine Freundschaft plus vorstellen?«

Er lief so rot an wie die chinesische Flagge. »Ich lebe in selbstgewählter Enthaltsamkeit.«

»Warum das denn?« Sie musterte ihn. »Du bist durchaus attraktiv.«

Er lief noch röter an, sodass er fast schwarz wurde.

*In Bildender Kunst warst du eine echte Gurke, oder?*
*Christine*

*Ertappt.*
*Tomasa*

Manchu kaute auf der Unterlippe herum. »Ich bin zu dick.«

»Was?«, fragte ich, obwohl ich mich nach wie vor schlafend stellte. »Du hast doch eine total normale Figur.«

»Ich muss erst mal fünf Kilo abnehmen«, erwiderte er. »Sonst schäme ich mich zu Tode, wenn ich mich ausziehen muss und dann …«

»Erspar uns die Details«, sagte Christine. »Vielleicht solltest du während des Verkehrs eher auf deine Partnerin achten statt auf dich selbst.«

Manchu räusperte sich. »Wir Chinesen sind es nicht gewohnt, offen über solche Themen zu reden.« Er schloss die Augen, obwohl er gar nicht müde wirkte. »Ich glaube, ich schlafe jetzt besser. Wir werden alle Kraft brauchen, um die Hunde zu befreien.«

Das tat ich auch, nahm die nächste Reisetablette, und so dösten wir alle eine Weile.

*Von wegen. Ich hingegen übersetzte meinen Text aus Tinder erneut ins Chinesische und übersetzte ihn zurück, um zu sehen, was dabei herauskam. Es war der Beweis, dass es bisher kaum künstliche Intelligenz gibt, sondern vor allem künstliche Dummheit.*
*Christine*

Irgendwann wachte ich wieder auf und warf die verdammten Reisetabletten aus dem Fenster.

»Was ist denn mit dir los?«, fragte Christine.

»Die verdammten Reisetabletten nutzen überhaupt nichts«, sagte ich. »Ich hab schon fünf geschluckt und sitz immer noch hier.«

*Ich würde mal sagen, Tomasa stand kurz vor dem Lagerkoller.*
*Christine*

*Was heißt hier kurz davor? Ich hatte die Grenze zur Un-*
*zurechnungsfähigkeit längst überschritten. Genie und Wahn-*
*sinn liegen ja eng beieinander.*
*Tomasa*

*Die Dummheit dagegen ist breit gefächert.*
*Christine*

Wir wechselten noch ein paarmal den fahrbaren Unter-
satz, und gerade als ich glaubte, wir würden es nie recht-
zeitig zu dem Festival schaffen, sah ich das Ortsschild von
Yulin.

*Du hast gar nix gesehen, erstens war es schon wieder mitten*
*in der Nacht und stockdunkel. Zweitens hat uns Manchu ge-*
*weckt und gesagt, dass wir nun endlich da seien.*
*Christine*

Aus der Ferne hörte ich überall Gebell, eine Geräuschkulisse,
als würden wir direkt in die Hölle einfahren.
  Tief in meinem Bauch wusste ich, jetzt würde sich alles
entscheiden.

*Ich glaube eher, du musstest dringend aufs WC, schließ-*
*lich waren wir zu dem Zeitpunkt schon achtundzwanzig*
*Stunden unterwegs gewesen, und die Toiletten auf den chine-*
*sischen Autobahnraststätten … Na ja, ich möchte das Thema*
*jetzt nicht vertiefen, sonst springt auch noch die letzte Leserin*
*ab.*
*Christine*

116

*Da fällt mir etwas Passendes ein. Wusstest du, dass die chinesische Weichschildkröte durch ihr Maul uriniert?*
*Tomasa*

*Das ist nichts gegen die Männchen einer Tintenfischart namens Papierboote, denn diese können ihren Penis wie einen Torpedo abschießen. Er jagt eigenständig dem Weibchen hinterher und befruchtet es.*
*Christine*

*Das sieht schwer danach aus, dass das Männchen vorher nicht beim Weibchen um Erlaubnis fragt. Wenn der Tintenfisch mal nach Schweden kommt, wird er sofort verhaftet. Zu Recht.*
*Tomasa*

*Schweinefleischer und Hundeschlächter erwartet kein gutes Ende.*
Chinesisches Sprichwort

## 27 Yulin, 5. November

Wir stiegen aus unserem Anhalterwagen, dessen Fahrer uns mehrfach versicherte, nichts von dem Festival zu wissen, im Kofferraum trotzdem eine riesige Kühlbox mitführte.

*Wäre es nicht so traurig gewesen, hätte ich es kulturell höchst-spannend gefunden, dass es Scheinheiligkeit demnach nicht nur im Westen gab.*
*Christine*

Da es mitten in der Nacht war, stolperten wir eine Weile orientierungslos in Yulin herum, immer dem Gebell nach, das von überall zu kommen schien. Endlich fiel uns ein, unsere Handys als Taschenlampen zu benutzen.

Was mir nicht viel brachte, schließlich besaß ich keines mehr.

Überall wurden Verkaufsstände aufgebaut, noch wirkte es wie auf einem beliebigen Trödelmarkt, auf dem gleich der Krimskrams aus China in die Auslage gelegt wird, doch was die Fressbuden anging, würde es wahrscheinlich nicht bei Glückskeksen bleiben.

*Glückskekse sind eine Erfindung aus den USA. Als sie in den Neunzigerjahren erstmals nach China exportiert wurden, be-warb man sie als »original amerikanische Glückskekse«.*
*Christine*

Ich musste wieder an unseren Fahrer mit der Kühlbox

denken und musterte Manchu.

»Warum bist du eigentlich mitgekommen«, fragte ich. »Schließlich kennst du uns kaum.«

»Ich mag Hunde.«

Ich blickte ihn noch eindringlicher an. Konnte es sein, dass es erneut eine Falle war? War ich tatsächlich viel zu leichtgläubig und fiel auf jeden herein, der vorgab, nett zu sein?

Schließlich war es nur allzu wahrscheinlich, dass es unter den Chinesen auch Schlitzohren gab.

Vielleicht hatten Stephen Manchu angeheuert, um uns in die Einöde zu bringen, möglichst weit weg von Shanghai, und alle Spuren zu verwischen.

*Da gäbe es ganz andere Orte in China, frag mal bei Falun Gong nach oder bei den Uiguren.*
*Christine*

*Außerdem diskriminieren die Chinesen unsere schönen amerikanischen Produkte wie Chlorhühnchen, Gensoja und Fracking-Erdgas, weil sie die nicht in ihr Land lassen. Das ist der wahre Skandal, wirklich, wirklich unfair!*
*Donald Trump*

»Du magst also Hunde.« Ich schaute Manchu an, als wäre an mir ein Verhörspezialist verloren gegangen. Fehlte noch der Schlapphut und die auf sein Gesicht gerichtete Schreibtischlampe. »Wie meinst du das?«, wollte ich betont deutlich wissen. »Zum Essen oder als Haustier?«

Er lupfte beide Augenbrauen, als wäre meine Frage eine Beleidigung. »Ich dachte, wenn niemand in Shanghai meine Musik mag, dann vielleicht hier.«

Er wich meiner Frage aus, das war fraglos ein Zeichen. Ich war nur völlig ahnungslos, welches.

Im Hintergrund bellten wieder unzählige Hunde, sehen konnten wir sie nicht, zumindest nicht mit unseren funzeligen Handytaschenlampen.

Plötzlich hörte ich es neben mir knurren, als würde da ein bissiger Wolf stehen.

»Was war das?«, fragte ich erschrocken.

»Mein Magen«, antwortete Manchu. »Ich hab achtundzwanzig Stunden nichts gegessen.«

Im nächsten Moment fing mein Magen auch an zu knurren und der von Christine ebenso.

*Stimmt nicht. Ich hab meine Darmaktivitäten stets unter Kontrolle. Hunger hatte ich allerdings trotzdem.*
*Christine*

»Wie wollen wir Hugo eigentlich finden?«, fragte ich, um meinen Magen und mich abzulenken.

»Hugo findet uns«, antwortete Christine. »Wenn er unsere Gegenwart riecht, wird er auf sich aufmerksam machen.«

»Dann sollten wir schnell sein.« Ich lief in Richtung des lautesten Hundegebells.

Wir erreichten eine Halle, wahrscheinlich eine Metzgerei. Es roch in etwa so wie in der Parfümerieabteilung eines Luxuskaufhauses.

Nur andersherum.

*Das erinnert mich an die alte Weisheit: »Wer im Schlachthaus sitzt, sollte nicht mit Schweinen werfen.«*
*Christine*

Weil einige Leserinnen und Leser wahrscheinlich geglaubt haben, hinter dem Titel *Tausche Ehe minus gegen*

*Freundschaft plus* würde sich ein harmloser Frauenroman verbergen, erspare ich zartbesaiteten Damen und Herren die Details.

*Du hast ohne Taschenlampe ohnehin nicht viel gesehen, mein Akku war leer, und Manchus Chinahandy war nur so hell wie eine Fünf-Watt-Birne, die mit halber Leistung leuchtet und mit fast durchgeschmortem Leuchtdraht.*
*Christine*

Wieder bellten zahllose Hunde, und so wie Eltern jederzeit das Schreien des eigenen Babys aus hundert anderen heraushören können, um es gezielt zu ignorieren, ja, so wie talentierte Künstler aus hundert Buntstiften die richtige Farbe erschmecken können, so hörte Christine ihren Hugo.

*Kein Wunder, ich hab ja auch gebellt wie blöd!*
*Hugo*

Zielsicher rannte sie zu ihm. Sie blieb vor einem engen Zwinger stehen, in dem man Hugo mit anderen Hunden eingepfercht hatte. Irish Setter, Pudel, Dobermann, mehrere Chihuahuas und Schäferhunde, anscheinend war keine Rasse vor den Festivalbesuchern sicher. Christine nahm eine Stange und schob sie hinter das Schloss des Käfigs, um es aufbrechen.

»Was machen Sie da?«, rief jemand auf Chinesisch.

*Natürlich verstanden wir das nicht, aber die Gestik war eindeutig. Außerdem wurde uns das hinterher übersetzt. Aus Gründen.*
*Christine*

»Wir befreien die Hunde«, sagte Manchu Fu.

»Das könnt ihr gerne tun, das kostet allerdings fünfzigtausend Yuan.« Der Chinese packte Christines Stange.

Sie trat ihm dorthin, wo es bei Männern besonders wehtut, er fiel hin, krümmte sich vor Schmerzen wie eine Banane. Christine nahm die Stange erneut und hieb mit drei gezielten Schlägen das Schloss auf. Sie riss die Tür auf, Hugo schleckte Christine ab, und alle anderen Hunde rannten kläffend davon.

»Hey, das ist bestes Pudelragout!«, rief der Mann, obwohl unter den Hunden höchstens ein Pudel war.

Ich nahm mir ebenfalls eine Stange und öffnete einen weiteren Zwinger mit irgendwelchen großen Hunden.

»Und das gibt ganz zartes Weimeranerschnitzel!«, rief der Mann, beugte sich immer noch vor Schmerzen, stand aber auf. »Das ist total dekadent, Hunde zu begraben, statt sie aufzuessen. Es ist eine Wertschätzung, sich ihr zartes Fleisch ganz langsam im Mund …«

Weiter kam er nicht, da Christine die Stange so geschickt in seine Fortpflanzungsorgane rammte, dass es da für alle Zeiten nichts mehr fortzupflanzen gab.

Inzwischen waren die anderen Männer in der Halle auf unseren Tumult aufmerksam geworden und kamen mit schnellen Schritten auf uns zu.

»Was ihr macht, ist falsch!«, rief Christine und stellte sich auf einen Hundezwinger, Hugo im Arm. »Hunde sind unsere Freunde, wir dürfen sie nicht essen! Wir müssen jedes Lebewesen achten, die Welt zu einem besseren Ort machen. Ohne Gewalt, ohne Hunger, ohne nicht aufreißbare Plastikverpackungen. Seid ihr mit dabei?«

Ich erwartete einen jubelnden Aufschrei, wie das in Hollywoodfilmen immer so war, wenn die Moralkeule ausgepackt wurde, doch alle blickten Christine nur verständnislos an.

Klar, sie hatte nicht auf Chinesisch zu ihnen gesprochen.

Manchu stellte sich neben Christine und übersetzte, was sie gesagt hatte.

Und die Hölle brach los.

*Unsere Nutztiere haben kein bewusstes Interesse an ihrem Leben,*
*so machen sie beispielsweise keine Zukunftspläne für ihr Leben.*
*Das ist mit ein Grund, warum ich ihre Tötung*
*moralisch für erlaubt halte.*
Markus Huppenbauer,
Leiter des Ethikzentrums der Universität Zürich,
der seine Meinung wohl erständert, wenn er entdeckt,
dass ein Hamster Vorräte für den Winter anlegt.

## 28 Yulin, 5. November

Die Männer stürmten auf uns zu und wir auf ihre Hunde-käfige. Wir waren bloß zu dritt, mit ein paar Stangen be-waffnet, und uns gegenüber standen bestimmt zwanzig Kerle.

Okay, sie waren einen Kopf kleiner als wir und eine Ecke runder, eben solche Personen, die man sich auf einem Hundefleischfestival vorstellt.

Dennoch, es war ein ungleicher Kampf, und wären uns nicht so viele Hunde zu Hilfe gekommen, hätten wir ihn sofort verloren.

So aber holten insbesondere die Chihuahuas wertvolle Sekunden heraus, indem sie sich an der Kurzleine einiger Männer verbissen, sodass wir weitere Käfige öffnen und Ketten lösen konnten.

*Hey, vergesst mich nicht! Schließlich hab ich die Chihuahuas*
*aus sicherer Entfernung angefeuert.*
*Hugo*

Irgendwann gab es nur noch einen großen Hundezwinger, in dem bestimmt zwanzig Mischlinge gehalten wurden, von klein bis groß, schwarz, braun, hässlich, alles dabei.

Manchu versuchte, die menschliche Meute mit ein paar Kung-Fu-Tricks aufzuhalten. Das hätte in Europa super funktioniert, doch hier in China lachte man nur darüber, jedenfalls brauchte es bloß zwei Handkantenschläge und Manchu lag flach auf dem Boden wie ein Tigerfell.

Dann erst bemerkte ich, dass sich über ihn einer der Sumobodybuilder beugte, die uns in Shanghai erpresst hatten. Die beiden waren im Gegensatz zu ihren Landsleuten hier nicht einen Kopf kleiner als wir, sondern einen größer.

Die anderen Männer blieben im Hintergrund und hielten die Hunde in Schach, damit die uns nicht helfen konnten. Wahrscheinlich hatten sie selbst Respekt vor diesen Schränken, die nun auf uns zu stapften. Der eine sprach dabei in ein Funkgerät, zu gerne hätte ich gehofft, dass er bei einem Lieferservice eine Nudelsuppe bestellte, aber wahrscheinlich informierte er seine Kollegen von der Polizei.

Ich überlegte, ob ich ihn in eine philosophische Diskussion verwickeln sollte, über die moralischen Abgründe des Westens unter besonderer Berücksichtigung der sich daraus ergebenden Alibifunktion für den Rest der Welt, oder ob ich ihm mit meiner Metallstange eines über den Dez ziehen sollte, und entschied mich für Letzteres.

Ich kam mit der Stange nicht mal in die Nähe seines Kopfes, er riss sie mir aus der Hand und zerbrach sie in zwei Teile.

Und dann beide noch mal in zwei.

Was immerhin eine halbe Sekunde brachte.

Im Augenwinkel sah ich, wie sich Christine nach wie vor mit dem Schloss des letzten Zwingers abmühte, während der andere Sumobodybuilder sie packte.

Der zweite griff auch schon nach mir, und im letzten Moment nahm ich die Entenfüße und warf sie vor ihm auf den Boden. Die Hunde, die von den anderen Männern in Schach gehalten wurden, entschieden offensichtlich, dass leckere Entenfüße mehr wert waren als das Leben ihrer Befreier, in jedem Fall stürmten sie auf uns zu.

Im Gegensatz zu mir hatte der Sumobodybuilder das nicht vorhergesehen, und so wurde er von den Hunden überrannt, während ich mit einem Kung-Fu-Tritt das Schloss zerstörte und die restlichen Hunde freiließ.

*Ich hätte schwören können, dass ich dich gesehen habe, wie du das Schloss mit meiner Stange aufgehebelt hast, aber immerhin war die Aktion vorher eine tolle Leistung, also lasse ich diese Halblüge ausnahmsweise mal stehen.*
*Christine*

Kaum waren die Entenfüße verspeist, die Hunde befreit und geflüchtet, waren wir allein mit unseren Gegnern.

Warnlicht flackerte auf, Sirenen knallten in unsere Ohren, mehrere Polizisten umzingelten uns. Obwohl wir darauf hinwiesen, dass hier schwerste Hunderechtsverletzungen begangen worden waren, wurden Christine und ich verhaftet. Wir wurden in einen chinesischen Mannschaftswagen eskortiert und dort angekettet.

Kurz bevor der Wagen losfahren sollte, öffnete sich die Tür noch einmal.

Der Sumobodybuilderpolizist stand in der Tür und lächelte uns an. »Ich habe mich extra dafür eingesetzt, dass ihr nach Sing Sing kommt.«

»Das ist doch ein amerikanisches Gefängnis«, widersprach ich. »Es liegt in der Nähe von New York, ich war da mal auf einer Führung ...«

»Falsch«, sagte der Sumobodybuilderpolizist. »Sing Sing ist ein nagelneues, geheimes chinesisches Hochsicherheitsgefängnis. Das Beste daran ist die Lage, es befindet sich mitten in der Wüste Gobi.«

*Zwischen Nudeln und Pesto ein paar Brocken*
*weich gekochter Kartoffeln legen und dann alles zusammenmischen.*
*Das nimmt dem Pesto die Schwere. Und schmeckt köstlich.*

Alice Schwarzer, Feministin

## 29 Gefängnistransporter, 6. November

Ich dachte erst, er wollte uns nur Angst machen, doch der Polizeitransporter fuhr tatsächlich die ganze Nacht durch. Es gab zwar kein Fenster, schließlich befanden wir uns nicht in einem Reisebus, aber nach acht Stunden hielten wir an, damit wir am Straßenrand austreten konnten, natürlich streng bewacht.

Anschließend verfrachtete man uns wieder in den Transporter und schob uns eine Schüssel mit Essen zu, dazu bekam jeder eine Scheibe Brot und eine dieser 0,25-Liter-PET-Wasserflaschen, bei denen ich mich immer frage, wer die kauft. Miss Minischluck womöglich? Ich zumindest hätte einen dieser 5-Liter-Tornister auf ex leeren können.

Von meinem Hunger ganz zu schweigen.

Ich trank das Wasser und schob den Teller näher zu mir. Darauf lag eine undefinierbare Sättigungsbeilage und irgendein trockenes Stück Fleisch.

Ich wollte gerade in das Fleisch beißen, als Christine mich anstupste. »Woher willst du wissen, dass das kein Hundefleisch ist?«

Ich stoppte, die Gabel vor meinem Mund, musterte den dunklen, trockenen Brocken. »Hundefleisch ist in China eine Delikatesse. Das geben die ganz bestimmt keinen Gefangenen.«

»Vielleicht geben sie es nur Westlern, um uns zu erniedrigen und damit sie behaupten können, die Versorgung sei bestens.«

»Das ist Quatsch mit Soße.« Ich führte den Bissen wieder zum Mund. »Ich hab Hunger, und ich esse das jetzt.«

»Ich nicht.« Christine schob den Teller von sich. »Das Essen ist eine Unverschämtheit! Ich bin Vegetarierin!«

»Du bist Vegetarierin?« Ich blickte sie mit großen Augen an, denn das war mir neu.

»Hab ich eben grad beschlossen. Manchu hat recht, wir im Westen sind genauso kulturlos wie die Chinesen, die Hunde essen. Schweine zum Beispiel sind intelligenter als dreijährige Kinder.« Sie blickte mich an. »Was ist mir dir?«

»Ich bin auch intelligenter als ein dreijähriges Kind.«

»Lenk nicht ab!«

»Wo ist eigentlich Manchu? Haben sie den ebenfalls verhaftet?«

»Noch mal, lenk nicht ab!« Christine blickte demonstrativ im Wagen umher. »Hier ist er jedenfalls nicht.« Dann deutete sie wieder auf die volle Gabel, die immer noch vor meinem Mund geparkt war. »Also, was ist jetzt mit dir?«

»Mit leerem Magen kann ich so was schlecht entscheiden.«

»Ganz im Gegenteil«, sagte sie. »Dann ist es nämlich eine ehrliche Entscheidung.« Sie zeigte auf das Fleisch. »Stell dir einfach vor, es wäre Hundefleisch, dann klappt das von allein.«

»Na toll!« Ich schob meinen Teller weg. »Ihr Vegetarier seid echt das Letzte mit eurer Missionarsstellung.«

*Du meintest wohl Missionarseinstellung.*
*Christine*

*Nein, meinte ich nicht, Doggy Style ist bei euch bestimmt ebenfalls verboten.*
*Tomasa*

*Glückwunsch, für diesen blöden Spruch verleihe ich dir den Mario-Barth-Award für Minderheitendiskriminierung auf Basis billiger Witze.*
*Christine*

*Danke, auch wenn mich das nicht darüber hinwegtrösten wird, dass ich mein Leben lang nur noch Beilagen essen soll.*
*Tomasa*

*Musst du gar nicht, es gibt sehr leckere vegetarische Gerichte. Wirsing-Paprika-Nudeln zum Beispiel oder Brokkoli-Curry-Omelett, nicht zu vergessen Pommes, die sind ein Stück Lebenskraft.*
*Christine*

Schließlich aß ich wie Christine das Brot und diese undefinierbare Pampe, die ganz sicher kein Fleisch enthielt, denn sie schmeckte wie zerriebener und mit Klebstoff angereicherter Karton.

*Also ziemlich genau wie das Brot.*
*Christine*

Wir fuhren weiter, hielten wieder nach acht Stunden an, wieder durften wir austreten, wieder rührte ich danach nur Pampe, Brot und Wasser an.

*Vielleicht gibt es bessere Zeitpunkte als einen Gefängnisaufenthalt in China, um Vegetarier zu werden, aber es gibt auch*

*schlechtere, beispielsweise wenn man gerade eine Wurstfabrik*
*geerbt hat.*
*Christine*

Das wiederholte sich zweimal, und als wir am Ende unserer
Fahrt aus dem Wagen gebracht wurden, standen wir tatsächlich mitten in einer Wüste.

*Natürlich waren wir von hohen Gefängnismauern umgeben,*
*doch der Boden bestand wirklich aus purem Sand.*
*Christine*

Ich fragte mich, wieso sich die Häftlinge von ihren Anwäl-
ten kein Sandkastenspielzeug mitbringen ließen, doch ich
vermutete, den Grund würde ich bald erfahren.

*Wahrscheinlich gibt es hier keine Anwälte, jedenfalls keine,*
*die sich für die Gefangenen einsetzen. Rechne also lieber mal*
*mit dem Modell Gregor Gysi in chinesischer Ausführung.*
*Christine*

Die Luft flirrte, und die Sonne knallte vom Himmel herab,
als würde sie auch den letzten Idioten vom Klimawandel
überzeugen wollen.

*Das wird niemals geschehen.*
*Donald Trump*

*Und alles hat mit Fake News angefangen. Jahrelang haben*
*uns unsere Eltern gesagt, dass es schönes Wetter gibt, wenn wir*
*den Teller leer essen. Und was haben wir jetzt? Dicke Bäuche*
*und Klimawandel.*
*Christine*

Zwei Aufseher kamen auf uns zu, einer sprach gebrochenes Englisch, das ich aus Gründen der Lesbarkeit repariert und ins Deutsche übersetzt habe.

»Willkommen in Sing Sing«, sagte er. »Wenn ihr schon immer die Wüste Gobi besichtigen wolltet, hattet ihr Glück, ansonsten ziemliches Pech.« Er lachte über seinen eigenen Witz. »Wir sind hier im sichersten Gefängnis von ganz China.« Er lachte wieder. »Wer mitten in der Wüste aus dieser schönen Oase flüchtet, der spart dem Staat eine Menge Geld. Und uns Aufsehern eine Menge Arbeit. Tut also, was ihr nicht lassen könnt.« Er deutete auf die hohen Gefängnismauern. »Wusstet ihr, dass es da draußen sogar Schneeleoparden gibt?«

*Die Menschen stolpern nicht über Berge,*
*sondern über Maulwurfshügel.*
Konfuzius, chinesischer Philosoph

## 30 Sing Sing, 7. November

Der Aufseher führte uns in unsere Zelle, die zu meiner Überraschung direkt an der Außenmauer lag und nur einen Boden aus Sand besaß.

Kaum hatte der Aufseher die Tür geschlossen, buddelte ich mit bloßen Händen los, schob den Sand wie wild vor einer der Wände beiseite.

»Was ist?«, sagte ich zu Christine. »Hilfst du mal mit?«

»Siehst du nicht, dass der Sand wieder zurückkrieselt?«

»Unten wird er bestimmt fester.«

Christine schüttelte den Kopf. »Wir sind hier nicht am Strand, wo das Grundwasser direkt unter der Sanddecke lauert.«

*Ich glaube, es ist an der Zeit, ein wenig Romantik einzuflechten. Hatte jemand der geschätzten Leserinnen und Leser schon einmal Sex am Strand?*
*Christine*

*Ich leider nicht, aber ich stelle mir das total schön vor, die Palmen, der Sonnenuntergang …*
*Tomasa*

*… die Sandflöhe. Kurz und gut, Sex am Strand ist ungefähr so, als würdest du ein 200er Schleifpapier aus dem Baumarkt ficken.*
*Christine*

»Du bist eine verdammte Pessimistin«, sagte ich. »Wenn ich uns hier erst mal rausgeholt habe, kannst du dich gerne auf Knien bei mir entschuldigen.«

»Würde ich ja liebend gerne«, entgegnete sie. »Aber nachdem unser Transporter eine lange Zeit bergauf gefahren ist, liegt das Gefängnis eher in den Bergen als am Meer. Damit ist der Sand trocken und rieselt wie Uncle-Ben's-Reis.«

Ich wollte das nicht hören und buddelte weiter. Der Sand war so fein, dass er tatsächlich sofort zurückrieselte. So muss sich Ödipus gefühlt haben, als er immer wieder versucht hat, den Stein der Weisen auf das Matterhorn zu rollen.

*Da waren jetzt so viele Fehler drinnen, wäre ich dein Geschichtslehrer gewesen, würde ich mich freiwillig verrenten lassen.*
*Christine*

*Das war ja auch ein Witz. Doch ich frage mich gerade, ob schon mal jemand untersucht hat, ob Sisyphus an einem Ödipuskomplex gelitten hat, weil er immer diesen doofen Felsen den Hügel hochgerollt hat.*
*Tomasa*

*Du willst doch wieder nur davon ablenken, dass du mangels Erfolg still und heimlich aufgegeben hast, ein Sandloch zu graben.*
*Christine*

»Mit Wasser könnten wir den Sand binden, dann würde es vielleicht gehen«, meinte ich.

»In einer Wüste jetzt nicht gerade die beste aller Ideen«, erwiderte Christine.

Angesichts meines Dursts musste ich ihr recht geben. »Man könnte es mit Pipi …«

»Und dann mit bloßen Händen graben? Vergiss es!«

Im nächsten Moment öffnete sich die Tür unserer Zelle.

»Mitkommen!«, befahl der Aufseher.

Weil wir gerade nichts Besseres zu tun hatten, taten wir, was er uns vorgeschlagen hatte.

*Vielleicht auch, weil er uns Handschellen anlegte und an denen zerrte, bis wir mitkamen?*
*Christine*

»Ich bringe euch zum Gefängnisdirektor, der wird an euch große Freude haben.« Der Aufseher lief mit uns einen endlosen Gang entlang.

»Wir sind unschuldig«, sagte ich.

»Das sind sie alle«, entgegnete er und zerrte uns an den Handschellen weiter durch den Gang. »Wo wäre denn da der Einschüchterungseffekt, wenn wir nur die Schuldigen ins Gefängnis werfen würden?«

Ich musste ihm zustimmen, von der Seite hatte ich eine Diktatur noch nie betrachtet.

»Wir haben von den Amerikanern einiges gelernt.« Der Aufseher blickte uns ernst an. »Erst haben sie die Folter abgeschafft, dann haben sie die unter George W. Bush wieder eingeführt. Das bringt zwar nichts, macht aber unglaublich viel Spaß.« Er lächelte. »Das findet zumindest unser Gefängnisdirektor. Er ist ein wahrer Foltermeister.«

Ich blieb entrüstet stehen. »Folter ist verboten!«

*Du klingst schon wie ein westlicher Moralplastikhammer.*
*Christine*

Der Aufseher grinste. »Machen nicht gerade die Sachen am meisten Spaß, die verboten sind?« Er führte uns in ein Verwaltungsgebäude, das aussah, als hätte es ein Architekt aus der Hölle entworfen, überall Beton, die Fenster vergittert, Anstrich oder Verputz hatte man sich gespart, dafür zwei Männer mit Maschinengewehren vor dem Eingang postiert.

*Wenn es ernst wird, muss man lügen.*
Jean-Claude Juncker, ehemaliger Präsident
der Europäischen Kommission

## 31 Sing Sing, 7. November

Wir liefen an den Männern mit den Maschinengewehren
vorbei und wurden über die Treppen in den dritten Stock
gebracht. Der Aufseher öffnete eine schwere Stahltür
und schob uns in den Raum wie Schweine zur Schlacht-
bank.

Wenigstens ertrugen wir es wie echte Frauen.

*Also ich finde, du hast gequiekt wie Miss Piggy, aber ich muss
zugeben, ich habe mich auch gefühlt wie das Krümelmonster
angesichts eines weltweiten Keksboykotts.*
*Christine*

*Es gibt eben zwei Arten von Menschen: solche, die Glück
haben, und solche wie uns.*
*Tomasa*

Wir betraten einen riesigen Raum, in dem ein Mann an
einem Schreibtisch stand und mit Barbiepuppen spielte.
Die eine hatte eine Schärpe, beschriftet mit *Miss November*, die andere eine mit *Miss Januar*, ansonsten trugen sie
nichts.

»Ich will als Erster mit Bruce ins Bett«, sagte der Mann
mit verstellter hoher Stimme.

»Nein ich«, antwortete er sich selbst mit noch höherer
Stimme.

»Also gut, beide gleichzeitig«, sagte die erste wieder.

Der Aufseher räusperte sich, der Mann am Schreibtisch schreckte auf und packte verschämt die Barbiepuppen beiseite.

»Sind das meine neuen Opfer?«, fragte er und blickte uns an, als wäre der Teufel an ihm verloren gegangen.

*Ich frage mich die ganze Zeit schon, wo der Kerl steckt. Hab ewig nichts mehr von dem alten Berserker gehört.*
Gott

*Vielleicht hat er nur seine Gestalt gewechselt und ist US-Präsident geworden? Sehr clever!*
Donald Trump

So diabolisch er wirkte, irgendwie kam mir der Mann bekannt vor. Und das, obwohl für uns ja alle Chinesen gleich aussehen. Er stellte sich als Gefängnisdirektor vor und musterte uns.

»Was wirft man euch vor?«, fragte er schließlich.

Bevor wir antworten konnten, legte er sich den Finger an den Mund. »Pst, wenn ihr alles vorher verratet, kann ich es nicht aus euch herausfoltern, und der ganze Spaß geht verloren.«

»Wir haben unschuldige Hunde befreit«, sagte Christine.

»Du sollst schweigen!« Der Gefängnisdirektor baute sich vor ihr auf.

»Mir ist Greta erschienen«, redete sie weiter. »Ich konnte nicht anders.«

»Greta Garbo?«

Christine wollte antworten, doch der Direktor hielt ihr den Mund zu. »Was willst du mir denn beim Waterboarding erzählen, wenn du jetzt bereits alles ausplapperst?« Er zog einen Vorhang beiseite, und ein Raum kam zum Vorschein, den man für ein Krankenzimmer hätte halten können, hätte darin nicht eine überdimensionierte HiFi-Anlage gestanden, auf der mehrere CDs lagen.

»In Deutschland wusste man schon immer, wie man am besten foltert«, sagte er und deutete auf einen Stapel Modern-Talking-CDs.

*Schlimmer wäre wohl nur das neue Album von Roger Whittaker gewesen: Du wirst alle Jahre hässlicher.*
*Christine*

Ich schluckte. »Ich bin wegen der großen Liebe hier, aber er war ein Heiratsschwindler, hat uns alles Geld abgeknöpft und unsere Synthesizer für das Konzert und …«

»Schweig!« Der Gefängnisdirektor haute plötzlich mit einer Peitsche auf den Boden, die aufknallte, als hätte er einen Zehnerpack Platzpatronen darin versteckt. »Ihr seid ja die schlimmsten Plappermäuler, die mir in meiner Laufbahn auf die Streckbank gekommen sind.«

Ich zuckte mit den Schultern. »Wir sind Schriftstellerinnen.«

»In dem Fall sollte ich euch wohl besser mit *Fifty Shades of Grey* foltern. Wie wäre es, wenn ihr das Buch lektorieren müsstet und einen anspruchsvollen Roman daraus machen?« Er strahlte uns mephistophelisch an.

*Toll, jetzt weiß jeder, dass du ein Synonymwörterbuch besitzt.*
*Christine*

Ich zitterte, Christine lief weiß an.

»Wusste ich es doch«, sagte der Gefängnisdirektor. »Ich hab noch für jeden und jede die richtige Foltermethode gefunden.«

Im nächsten Moment klopfte es an der Stahltür, ich hörte ein Bellen, und die Tür öffnete sich.

*Das Schwein und der Künstler werden erst nach ihrem Tode geschätzt.*

Max Reger, deutscher Komponist

## 32 Sing Sing, 7. November

Ein Dobermann rannte ins Zimmer, hielt auf den Gefängnisdirektor zu und sprang wie wild an ihm hoch.

»Brunhilde!«, rief der Direktor erfreut und kraulte den Hund. »Ich dachte, man hat dich entführt.«

»Wir haben ihn befreit«, sagte Christine.

Dabei sah der Hund für mich aus wie jeder andere Dobermann. Wahrscheinlich war das so wie mit den Chinesen, die ich nicht unterscheiden konnte.

»Er war in Yulin, auf dem Hundefleischfestival, genau wie unser Rauhaardackel Hugo ...« Tränen schossen in Christines Augen, ich legte den Arm um ihre Schulter.

Der Gefängnisdirektor ignorierte uns, war jetzt nur noch für seine Hündin da und strich Brunhilde übers Fell. »Du bist die ganzen zweitausendachthundert Kilometer hierher gerannt, um zu deinem Herrchen zurückzukehren?«

Die Hundedame nickte, als hätte sie ihn verstanden.

»Na, dann musst du ja hungrig und durstig sein.« Er führte ein kurzes Telefonat, und kaum eine Minute später stellte ein Bediensteter dem Dobermann eine Schweinshaxe hin und eine riesige Schüssel mit Wasser.

Dafür dass der Dobermann so eine riesige Distanz zu Fuß zurücklegt hatte, fand ich, sah er viel zu fit aus, aber ich hatte natürlich keine Ahnung, was Hunde leisten können und was nicht.

Erneut hörte ich ein Bellen, doch es klang armselig, fast wie ein Jaulen.

Im nächsten Moment schleppte sich Hugo durch die

Tür, hechelnd, seine Augen leer und müde. Er entdeckte Christine und mich und ließ sich einfach auf den Boden plumpsen.

Christine nahm ihn in den Arm, gab ihm ein wenig Wasser und Schweinshaxe, obwohl der Dobermann protestierte.

»Bist du auch die zweitausendachthundert Kilometer gelaufen, Hugo?«, fragte Christine.

*Was heißt hier auch? Brunhilde hat den Fahrer des Gefängnistransporters gekannt, der hat sie in der Fahrerkabine mitgenommen, während ich dem Wagen die ganze Zeit hinterhergerannt bin.*
*Hugo*

»Das kann nicht sein«, sagte der Gefängnisdirektor. »Ein einfacher Dackel kann niemals solch eine Distanz zurücklegen. Bestimmt hat Brunhilde ihm geholfen, ihn huckepack genommen oder so.«

*Huckepack stimmt schon, das war jedoch bei einer anderen Gelegenheit.*
*Hugo*

Der Gefängnisdirektor musterte Hugo, hielt inne, rieb sich die Stirn. »Warst du nicht in der First Class aus Frankfurt bei uns in der Maschine und hast Brunhilde gedeckt?«

*Und wie ich das hab. Oder meinst du, sie hätte mich sonst in die Fahrerkabine gelassen?*
*Ups, jetzt hab ich mich glatt verraten.*
*Allerdings bin ich die letzten zwanzig Kilometer wirklich zu Fuß gelaufen, weil dem Fahrer unser ständiges Gepoppe*

*in der Kabine zu viel geworden ist und er mich rausgeschmissen*
*hat.*
*Hugo*

Der Direktor kam auf uns zu, reichte uns die Hände. »In
dem Fall seid ihr meine Freunde.« Er lächelte. »Ich bin
Bruce.«

»Heißt das, wir sind frei?«, fragte ich.

»Natürlich, meine Freunde kommen niemals ins Gefängnis, egal was sie angestellt haben.«

Ich zuckte mit den Schultern. »Wir haben nur Hunde befreit.«

Bruce nickte. »Dafür werde ich euch ewig dankbar sein.«
Er deutete auf Hugo. »Ich habe jahrelang versucht, Brunhilde begatten zu lassen, aber sie hat keinen rangelassen.
Außer euren Dackel. Schlau ist er auch noch, hat sich im
Flugzeug einfach auf die Transportbox von Brunhilde gestellt, damit er auf ihrer Höhe ist. Er ist bestimmt ein hoch-
qualifizierter Deckrüde, oder?«

*In dem Moment bin ich glatt zehn Zentimeter gewachsen.*
*Hugo*

»Hugo?« Christine lachte laut auf. »Um die Dackel in Dortmund macht er immer einen großen Bogen.«

*Das liegt nicht an mir, das liegt an den Dackeldamen. Total*
*eingebildete Weibsbilder, wollen immer gleich was Festes,*
*dazu dieses ewige Vorspiel. Und kaum schaut man mal einer*
*anderen Hündin auf den Po, gibt es Ärger.*
*Hugo*

»Dann erzähle ich euch mal, wo ihr überhaupt seid.« Bruce

deutete aus dem Fenster in seinem Büro auf die Wüsten-landschaft. »Wie ihr schon mitbekommen habt, befinden wir uns in der Wüste Gobi, in der Inneren Mongolei, die trotz ihres Namens nicht zur Mongolei, sondern zu China gehört.«

Ich nickte.

»Unser Gefängnis gehört zur Stadt Bayan Nur, die in etwa so groß ist wie ganz Bayern. Aber der Name kommt nicht daher.« Er grinste und zeigte in eine Ecke der Wüste, in der ich nur Sand erkennen konnte. »Wenn gutes Wetter ist, sieht man von hier sogar den Gelben Fluss.«

»Heißt der so, weil da immer alle reinpinkeln?« Endlich konnte ich die Frage loswerden, die ich im Erdkundeunter-richt in der siebten Klasse vergessen hatte zu stellen.

Bruce schüttelte den Kopf. »Seinen Namen trägt der Fluss aufgrund der gelblichen Färbung durch abgetragenen Löss, der über Bäche und Nebenarme in den Flusslauf gespült wird.« Er wies auf die Kammer hinter sich. »Ach ja, falls ihr trotzdem gefoltert werden wollt, einfach so zum Spaß, sagt Bescheid.«

Wir lächelten zurück, Bruce grinste schelmisch, und in dem Moment spürte ich genau, dass jetzt endlich alles rich-tig, richtig gut werden würde.

*Am Ende wird alles gut. Und wenn es nicht gut ist,*
*dann ist es noch nicht das Ende.*
Oscar Wilde,
weder verwandt noch verschwägert mit Gina Wild

## 33 Sing Sing, 7. November

Im nächsten Moment öffnete sich die Tür erneut und Stephen stand vor uns.

Mir fielen beinah die Glotzer aus dem Gesicht, gleichzeitig stieg Wut in mir auf.

»Ihr habt mir meinen Hund geklaut«, sagte er und deutete auf Hugo.

»Du wagst es, hier aufzutauchen?« Ich stellte mich mit verschränkten Armen vor ihn. »Nachdem du uns alles Geld gestohlen hast, unsere Synthesizer, Hugo – und mein Herz!«

»Das wurde wahrscheinlich schon häufiger geklaut.« Er blickte mich abschätzig an. »So naiv, wie du bist.«

*Da fällt mir ein, Regenwürmer haben fünf Herzen. Da ist es nicht so schlimm, wenn mal eines gebrochen wird.*
*Christine*

*Und teilen können sie sich auch, wenn sie sich mal in zwei Männer gleichzeitig verlieben.*
*Tomasa*

*Das mit dem Teilen stimmt nicht, der Schwanzteil stirbt ab. Das erklärt die hohe Scheidungsrate bei Ehen von Regenwürmern.*
*Christine*

145

Ich hatte große Lust, ihm in den kleinen Stephen zu treten, aber als gebildete Mitteleuropäerin wusste ich natürlich, dass Gewalt keine Lösung ist.

Dennoch ging es nicht um ein mathematisches Problem, sondern um meine große Liebe.

Die mal wieder enttäuscht worden war.

Also trat ich zu.

Ich zielte genau, mit voller Wucht.

Allerdings traf ich nicht.

Denn Bruce, der Gefängnisdirektor, hielt mich zurück. »Trittst du da etwa nach meinen kommenden Enkeln?«

»Enkeln?«, echote ich. »Heißt das etwa …?«

Stephen nickte. »Yep, er ist mein Vater. Obwohl ich gar nicht Luke heiße.«

Im nächsten Moment kotzte Brunhilde auf den Teppich.

Zu meiner Überraschung war Bruce nicht bestürzt, sondern strahlte so entzückt, als hätte er ein paar Gramm Plutonium geschnupft.

»Wusste ich es doch«, rief er. »Brunhilde ist schwanger!«

Christine beugte sich zu dem Dobermann, strich ihm übers Fell, um ihn zu beruhigen. »Das sieht man frühestens nach fünf Wochen, die Zitzen werden …«

Bruce winkte ab. »Dann machen wir einen Schwangerschaftstest.«

Christine schüttelte den Kopf. »Das geht bei Hunden erst nach zwanzig Tagen, unser Hinflug ist aber nur sechs Tage her.«

*Wie schon mehrfach erwähnt, war das nicht der einzige Begattungsvorgang bei Brunhilde. Obwohl mir meine Anwälte empfohlen haben, keinesfalls darüber zu reden, weil ich sonst von Alimentenforderungen erdrückt werden würde, laufen in Dortmund und Umgebung eine Menge kleiner Hugos herum.*

*Meine Trefferquote ist geradezu legendär.*
*Hugo*

*Und es gibt eine Menge kleiner Donalds da draußen, wobei mir mein bester Freund und Anwalt Rudi 911 genauso abgeraten hat, darüber zu reden, dieses alte Sprichwort heißt allerdings nicht umsonst »Der Gentleman genießt und plappert«. Sehr anständig!*
*Donald Trump*

*Rudi 911? Heißt der Anwalt so, weil er gerne Porsche fährt?*
*Tomasa*

*Wohl kaum.*
*Christine*

*Nicht? Warum denn dann? Sehr verwirrend!*
*Donald Trump*

Während alle wild hin und her schnatterten, kam mir plötzlich ein Gedanke. Ich war überzeugt, der würde das Blatt zu unseren Gunsten wenden.

»Wie hast du uns eigentlich gefunden, Stephen?«, wollte ich wissen. »Bist du den Hunden aus Yulin gefolgt?«

Er nickte. »Ich hab in Yulin erfahren, dass Hugo und Brunhilde von dem Gefängnistransporter mitgenommen wurden.«

»Was?«, rief Bruce, und ich hoffte, dass er nun verstand, was hier lief. Doch er blickte gar nicht seinen Sohn an, sondern beugte sich zu Brunhilde. »Du bist gar nicht die zweitausendachthundert Kilometer gelaufen?« Er kraulte dem Hund das Fell. »Na, das wäre ich auch nicht. Bist eben ein schlaues Kerlchen, äh, Weibchen.«

147

Wahrscheinlich würde er sogar einen Grund finden, Brunhilde zu loben, wenn sie sein ganzes Barvermögen auffraß, möglicherweise war diese Milde eine Kompensation zu seiner Härte gegenüber den Gefangenen.

»Gerade wurde ein wichtiges Geständnis gemacht«, sagte ich, weil das offensichtlich niemand mitbekommen hatte.

»Dass Hugo ebenso wenig die zweitausendachthundert Kilometer gelaufen ist?«, fragte Bruce.

»Das auch«, erwiderte ich. »Stephen war in Yulin, weil er nicht nur Hugo, sondern auch Brunhilde entführt hat, um ihn auf dem Hundefleischfestival zu verhökern. Den geliebten Hund seines eigenen Vaters.«

*Hunde beißen mich nicht. Es sind die Menschen.*
Marilyn Monroe,
amerikanische Schauspielerin, Sexsymbol und
US-Präsidentenliebhaberin

## 34 Sing Sing, 7. November

Bruce stellte sich breitbeinig vor seinen Sohn. Auch wenn der Gefängnisdirektor im Gegensatz zu Stephen ein typischer Asiate war, schien mir die Ähnlichkeit unverkennbar. Jedenfalls konnten beide genauso charmant wie herrisch sein.

»Stimmt das?«, fragte Bruce. »Hast du Brunhilde entführt?«

Stephen nickte, und ich sah schon, wie sich die Schlinge um seinen Hals zuzog.

»Jetzt wäre doch die richtige Gelegenheit für ein bisschen Folter«, schlug ich vor. Rache schmeckt schließlich am besten, wenn sie heiß serviert wird.

Oder so ähnlich.

Bruce machte jedoch eine wegwerfende Handbewegung. »Unsere Familienehre ist viel zu wichtig, damit spielt man nicht.«

*Meist besteht die sogenannte Familienehre aus illegalen Gefälligkeiten, Frauenunterdrückung und Inzest. Das gilt in einem oberbayrischen Dorf genauso wie in Kappadokien oder in der Inneren Mongolei.*
*Christine*

»Du wolltest die arme Brunhilde in Yulin an kulturlose Gourmets verfüttern?«, fragte Bruce.

»Zusammen mit Hugo, dem Vater von Brunhildes ungeborenen Welpen«, streute ich noch ein Kilo Salz in die Wunde. »Plus einige andere unschuldige Hunde.«

Stephen winkte ab. »Brunhilde wollte ich nie verfüttern, ich wollte dich damit erpressen. Ich wusste, du würdest alles dafür zahlen, und mit dem damit erworbenen Reichtum wollte ich dich beeindrucken, um deine Gunst zu erlangen.«

*Das war so ziemlich der schlechteste kriminelle Plan, seit die Darwin Awards an einen Räuber vergeben wurden, der im US-Staat Washington eine Waffenhandlung überfallen wollte. Wohlgemerkt in einem Bundesstaat, in dem jeder Waffen offen oder verdeckt tragen kann, außerdem stand vor dem Laden ein Streifenwagen. Trotzdem feuerte der Räuber wild im Laden herum, was sowohl die Cops als auch die Angestellten und einige Waffenkäufer dazu verleitete zurückzufeuern.*
*Christine*

*Ja, so sind wir Amerikaner – die beste Nation der Welt!*
*Donald Trump*

»Das hast du wirklich gemacht?«, fragte Bruce, und ich war überzeugt, dass der Gefängnisdirektor seinen Sohn für die nächsten zwanzig Jahre in eine Einzelzelle stecken würde.

Mindestens.

Tränen sammelten sich in den Augen des Gefängnisdirektors, kein Wunder, er war bestimmt maximal enttäuscht von seinem Sohn.

»Ich bin total gerührt«, sagte Bruce und umarmte Stephen. »So eindrucksvoll hat mir noch nie jemand seine Liebe bewiesen.«

»Was?«, riefen Christine, ich, Hugo und Brunhilde gleichzeitig.

*Also Brunhilde und ich bellten natürlich, aber wir waren genauso schockiert.*
*Hugo*

»Dieser Dackel, ist übrigens der perfekte Deckrüde«, sagte Stephen. »Der springt auf alles, was nicht bei drei in der Hundehütte ist.«

*Das stimmt nicht! Ich hab mindestens so klare Kriterien wie Heidi Klumpfuß bei ihren Supermodels. Kann ich doch nichts dafür, wenn so viele Weibchen die erfüllen.*
*Hugo*

Stephen deutete auf uns. »Wenn wir die beiden Langnasen loswerden, können wir mit ihm ein Vermögen verdienen.«
»Die müssen wir nicht loswerden«, erwiderte Bruce. »Sie sind ohnehin lebenslang inhaftiert, und hier ist bisher nie jemand lebend rausgekommen.«
»Gerade wolltest du uns noch freilassen«, protestierte ich.
Bruce grinste uns an. »Habt ihr dafür Zeugen?«

*Ja, ich! Doch natürlich ignorieren mich mal wieder alle, weil sie die Hundesprache nicht verstehen. Dabei bin ich davon überzeugt, die Welt wäre um einiges besser, würde man die Aussage von Hunden vor Gericht zulassen.*
*Hugo*

Wir blickten Bruce mit großen Augen an.
»Ihr habt also keine Zeugen.« Er zeigte aus dem Fenster. »Tja, dann bekommt ihr die einmalige Gelegenheit, beim

Bau der neuen Seidenstraße dabei zu sein. Davon könntet
ihr noch euren Enkeln erzählen, wenn ihr das mehr als zwei
Wochen überleben würdet.«

*Ich misstraue Menschen, die Hunde nicht mögen.*
*Aber ich traue jedem Hund, wenn er einen Menschen nicht mag.*
Bill Murray,
amerikanischer Schauspieler

## 35 Sing Sing, 8. November

Am nächsten Morgen wurden wir vor Sonnenaufgang geweckt. Es war bitterkalt, nicht nur draußen, sondern auch in meinem Herzen.

*Der Satz klingt, als wolltest du dich auch noch für den Paulo-Coelho-Award für Schwachsinnsschwurbelei bewerben.*
*Christine*

Ich fror unerbittlich und stellte fest, dass es sich mit dem Klimawandel wie mit der Polizei verhält. Wenn man ihn mal brauchen könnte, war er nicht da. Und genau dann, wenn man ihn gar nicht brauchen kann … Na ja, ihr wisst schon.

*Du verwechselt Klima mit Wetter. Das schafft sonst bloß Donald Trump.*
*Christine*

*Das ist keine Verwechslung, das ist Absicht.*
*Donald Trump*

Man hatte uns gestern nicht einmal erlaubt, uns von Hugo zu verabschieden, sondern direkt abgeführt und in unsere Zelle gebracht.
Auch ein zweiter Ausbruchversuch von uns war an-

153

schließend gescheitert. Wir hatten versucht, den Sand mit der Pampe zu binden, die es zum Abendessen gegeben hatte.

*Und noch mit einigem anderen, doch das verschweigen wir lieber, jedenfalls ist es kein Kapitel meines Lebens, auf das ich sonderlich stolz bin.*
*Christine*

*Du meinst wie damals, als du eine Marienerscheinung auf dem Marmeladenbrötchen hattest?*
*Tomasa*

*Das kann ich erklären, ich war damals mit dem falschen Wein aufgestanden.*
*Christine*

Wir erhielten dünne Häftlingskleidung, die so unmodisch und unpraktisch geschnitten war, als hätte Harald Glööckler mit sich selbst ein Joint Venture gebildet.

*Wir haben lange recherchiert, aber weltweit keinen Modedesigner gefunden, der es an Schrecklichkeit mit ihm aufnehmen kann.*
*Christine*

*Wenn jedoch Mario Barth, Dieter Bohlen und Paulo Coelho zusammen eine Modelinie entwickeln würden, bestünden realistische Chancen, dass sie Glööckler vom Thron stoßen.*
*Tomasa*

Man packte uns auf die Laderampe eines Pick-ups, der zu einer Baustelle mitten in der Wüste fuhr. Angesichts des ganzen Sands, den das Fahrzeug aufschleuderte, war das kein sonderlich spaßiges Erlebnis.

*Es war einer dieser Tage, an denen man schon am Morgen Muskelkater im Mittelfinger hat.*
*Christine*

Man setzte uns an einer Stelle ab, an der mitten in der Wüste ein Stückchen Straße asphaltiert war. Das erinnerte mich an die Autobahnbrücken in Deutschland, die dort abseits von jeglichen Anschlüssen herumstehen. Ich hätte fast Heimatgefühle bekommen, wenn ich von der ganzen Sandaufwirbelei nicht so hätte husten müssen.

Man gab uns eine Spitzhacke und befahl uns, damit den Sand auszuheben, damit man das Fundament für die Straße anlegen konnte.

Alle anderen Häftlinge durften mit Schaufeln arbeiten, doch uns sagte man, Schaufeln seien für uns zu schwer, schließlich seien wir Frauen.

Das war Ineffizienz, Diskriminierung und Schwachsinn in einem, eigentlich die Königsdisziplin von Donald Trump.

*Das erinnert mich daran, dass ich die USA dringend zu einer Monarchie umbauen muss. Wenn das geschafft ist, nennen wir uns » The Great Kingdom«. Großartige Idee!*
*Donald Trump*

*Mich wiederrum erinnert das an ein Märchen: Es war einmal ein Land, das hieß Gernegroßbritannien. Es richtete sich zu Grunde, weil es glaubte, es könnte allein mehr erreichen als zusammen mit seinen Freunden.*
*Christine*

155

*Vielleicht solltet ihr mal mit den ganzen Kommentaren auf-hören, die Geschichte kommt nämlich nicht mehr so recht voran.*
*Buddhine*

*Das liegt daran, dass wir mit unserer Arbeit auch nicht voran-kamen. Oder hast du schon mal mit einer Spitzhacke Sand ausgehoben? Und das Ganze noch mit angelegten Hand-schellen!*
*Christine*

Inzwischen war es unerträglich heiß geworden, Christine und ich krempelten unsere Hosen und Ärmel hoch. Es dauerte nicht lange, da lief einer der Aufseher zum dritten Mal an uns vorbei.

Christine ging ihm hinterher, redete kurz mit ihm und verschwand dann mit ihm hinter dem Pick-up.

So tief waren wir gesunken, dass wir uns die Freiheit mit sexuellen Gefälligkeiten erkaufen mussten.

*Du bist genauso naiv wie der Aufseher. Ich sag nur eins, im Nachhinein war es überaus hilfreich, dass wir keine Schaufel, sondern eine Spitzhacke bekommen hatten.*
*Christine*

*Du hast den armen Aufseher doch nicht etwa ermordet? Das ist ein Liebesroman! Wie sollen wir für den DELIA-Literatur-preis nominiert werden, wenn da so brutale Szenen drin-stehen?*
*Tomasa*

*Erstens wäre eine Nominierung dieses Romans so absurd wie eine Hotline für Tiefkühltruhen. Oder jemand, der im*

*Hundertwasserhaus verdurstet. Oder Treuerabatt in einem Bordell.*
*Christine*

*Da fällt mir ein, bekommt die Wanderhure eigentlich Bonusmeilen?*
*Tomasa*

*Lenk nicht schon wieder ab! Zweitens wäre es für den Aufseher wenig beeindruckend gewesen, wenn ich ihm gedroht hätte, seine Familienplanung mit einer Schaufel zu zertrümmern. So hingegen hat er mir bereitwillig die Handschellen geöffnet und den Schlüssel für den Pick-up ausgehändigt.*
*Christine*

*Und was ist mit dem Schlüssel für meine Handschellen?*
*Tomasa*

*Du bist auch nie zufrieden, oder?*
*Christine*

Auf einmal hielt der Pick-up neben mir, mit Christine am Steuer.

»Steig ein!«, rief sie, und kaum saß ich im Wagen, gab sie dem Gaspedal die Sporen.

*Den Preis für die passendste Umschreibung gewinnst du mit dem Spruch schon mal nicht.*
*Christine*

Christine fuhr so rasant, als wäre sie zu Jutta Kleinschmidt mutiert.

»Am besten, wir fahren direkt nach Peking«, sagte ich.

Christine schüttelte den Kopf. »Nicht ohne meinen Dackel.«

*So hättet ihr das Buch nennen müssen, dann wäre es ein Welterfolg geworden.*
*Hugo*

*Da fällt mir ein, ich hab eine Superidee für einen packenden Anwaltsroman: Der Kläger des verlorenen Schatzes.*
*Tomasa*

Und so fuhren wir durch die Wüste unserem Gefängnis entgegen. Wahrscheinlich waren wir die einzigen Gefangenen, die je versucht haben, in ihr eigenes Gefängnis einzubrechen.

*Jeder ist seines Glückes Schmied,*
*doch nicht jeder hat ein schmuckes Glied.*
Das Zitat stammt angeblich aus einem Porno,
wir konnten jedoch trotz intensiver Recherche nicht
herausfinden, aus welchem. Es ist jedenfalls nicht derjenige,
in dem Stroh vor dem Sicherungskasten liegt.

## 36 Sing Sing, 8. November

Durch die Wüste fuhren wir zurück zum Gefängnis und
parkten den Pick-up in dessen Nähe vor einem Baum.

*Das hast du ausnahmsweise mal sehr schön formuliert,*
*angesichts der Tatsache, dass ich ein wenig zu rasant in die*
*letzte Kurve gefahren bin. Aber ich wollte Hugo unbedingt so*
*schnell wie möglich retten!*
*Christine*

Wir liefen zum Gefängnis und sahen schon von Weitem
vor dem Eingang zur Verwaltung die beiden Männer mit
Maschinenpistolen stehen.

»Welchen willst du dir vornehmen?«, fragte Christine.

»Was?« Ich schaute sie entgeistert an.

»Soll ich etwa die ganze Arbeit allein machen?«

»Wieso hat das vorhin eigentlich geklappt?«, wollte ich
wissen. »Ich dachte, die Chinesen stehen nicht auf westliche
Frauen.«

Christine deutete auf die hochgekrempelte Uniform.
»Vielleicht ist es dieses hässliche Outfit. Sozialistischer
Realismus oder was auch immer.« Sie nickte in Richtung
der bewaffneten Männer. »Du darfst dir einen aussuchen,
ich nehme dann den, der übrig bleibt.«

»Und was ist mit meinen Handschellen?«

»Die werden die Typen nur noch mehr anturnen.« Sie zeigte zu dem Gebäude. »Jetzt geh schon, wenn man uns entdeckt, war alles umsonst.«

Ich stieg aus dem Wagen, wollte erst meine Hose ein wenig herunterkrempeln, dann ließ ich es bleiben. Für was hatte Gott uns die weiblichen Reize gegeben, wenn nicht dafür, sie einzusetzen?

*Aber bei mir und nicht bei anderen! Oder was meint ihr, warum die Bibel voller Verbote ist?*
*Gott*

Ich lief auf die Männer zu und war überrascht, wie sie mich schon mit Blicken auszogen, obwohl ich noch zehn Meter von ihnen entfernt war.

Sonst hätte mich das gestört, doch gerade jetzt kam es mir sehr gelegen, denn ich stand fraglos in Christines Schuld, und es war bloß fair, meinen Teil dazu beizutragen, dass wir heil wieder daheim eintrafen.

Ich nahm mir vor, mein Hirn für einen Moment auszuschalten, damit ich nicht ständig abschweifte, schenkte den beiden ein Lächeln, und sie lächelten zurück. Der Rechte gefiel mir besonders gut, wobei ich auch den Linken nicht von den Niagarafällen gestoßen hätte.

Ich bewegte mich auf einmal wie ein Model, als hätten Frauen einen Autopiloten eingebaut, wenn sie sich attraktiv fühlten.

»Hello«, sagte ich zu dem Rechten. »Is it me you're looking for?«

Er nickte. »I want to know what love is.«

»What's love got to do with it?« Ich grinste ihn neckisch

an und winkte ihn mit meinem kleinen Finger zu mir. »Girls just want to have fun.«

Ich sah förmlich, wie sein Blutkreislauf in tiefere Regionen umgeschichtet wurde.

»Sweet dreams are made of this«, flüsterte er und legte den Waffengurt ab.

»All night long«, flötete ich unschuldig, und er war endgültig verloren.

»It's a sin!«, sagte der andere Mann, blickte jedoch neidisch zu uns und kaute auf der Unterlippe herum. »Don't you want me?«, fragte er schließlich.

Erst wollte ich antworten »We don't need another hero«, dann fand ich, dass zwei Männer besser waren als einer, grinste und hauchte: »Nothing's gonna stop us now.«

Ich bat die beiden, mir die Handschellen zu öffnen, doch sie konnten und wollten es nicht.

In dem Moment fand ich das gar nicht so schlimm, ja, ich wunderte mich, wie abgebrüht ich war. Ich konnte mir das selbst nicht erklären, aber irgendwie erregte mich die Situation.

Vielleicht lag es daran, dass ich mich von dem Gedanken an die große Liebe dank der Enttäuschung mit Stephen gelöst hatte, vielleicht auch daran, dass die beiden Männer ganz apart aussahen und um einiges jünger waren als ich.

Wenn Männer von Sex mit zwei Frauen träumen, dürfen wir Frauen ja wohl die Fantasie von Sex mit zwei Männern ausleben. Zumal der Mann schlecht zwei Frauen gleichzeitig glücklich machen kann, die Frau hingegen …

Kurz und gut beziehungsweise gar nicht so kurz und ziemlich gut, ich war gerade kurz vor Abschluss der Bonusrunde, als Christine aus dem Gebäude stürmte, Hugo und Brunhilde im Schlepptau.

Sie blickte mich erstaunt an, hatte offensichtlich erwartet, dass ich den Aufsehern eins mit der Spitzhacke über die Rübe hauen würde, dabei gab es viel bessere Methoden, Männer zu willen- und hirnlosen Opfern zu machen.

»Don't stop the dance«, sagte der eine, von dem ich schon lange nicht mehr wusste, ob es der rechte oder der linke Aufseher gewesen war.

Ich tat ihm den Gefallen und mir ebenfalls.

Danach verabschiedeten wir uns, meine Handschellen trug ich nach wie vor, die beiden besaßen tatsächlich keinen Schlüssel.

»One more night«, bettelte der eine, doch ich ließ ihn stehen. »With or without you«, hörte ich ihn noch sagen und über seinen Kollegen herfallen, dann folgte ich Christine.

»Wie hast du so schnell die Hunde da rausgeholt?«, fragte ich, während wir vom Gefängnis wegrannten, immer die Straße entlang.

»Bruce hat mich gar nicht gesehen«, antwortete sie im Laufschritt. »Er hat wieder mit seinen Barbiepuppen gespielt.«

»Wie kommen wir hier weg?«, fragte ich und blickte in die Wüstenlandschaft um uns herum. »Der Pick-up fährt keinen Meter mehr.«

»Per Anhalter«, erwiderte sie und streckte den Daumen raus.

Im nächsten Moment hielt ein schwarzer SUV neben uns.

*Sogar Feministinnen können mannstoll sein.*
Stefan Wittlin, Schweizer Hundetherapeut und Tierpsychologe

## 37 Sing Sing, 8. November

Mir rutschte das Herz in die Hose. War das schon wieder Stephen?

Beendete er unsere Flucht, bevor sie begonnen hatte?

Da ich der Auffassung bin, dass nur Menschen einen SUV fahren, deren IQ so tief ist wie der Marianengraben, hatte ich wenig Hoffnung.

Die Tür des schwarzen SUV öffnete sich, und ein Männerbein kam zum Vorschein.

Natürlich.

»Schnell, steigt ein!«, rief der Mann.

Auf Deutsch.

Dann erst steckte er den Kopf durch die Türöffnung. Es war Manchu Fu.

Ich wäre ihm am liebsten um den Hals gefallen, doch das erledigte schon Christine. Wir stiegen ein, die Hunde und ich auf der Rückbank, Christine vorn.

Bevor ich mich noch einmal umschauen konnte, düste Manchu los.

»Was machst du denn hier?«, fragte Christine.

»Na, euch helfen.«

»Und wo hast du das Auto her?«

»Ich habe es einem Typen abgenommen, SUV-Fahrer haben nichts anderes verdient.«

Ich wollte ihm auf die Schulter klopfen, mit angelegten Handschellen war das allerdings nicht so einfach.

Christine bemerkte es, holte einen kleinen Schlüsselbund hervor und öffnete meine Fesseln.

»Du hast die Schlüssel die ganze Zeit gehabt?«, fragte ich.

Sie grinste. »Manchmal muss man dich zu deinem Glück zwingen.«

Ich nickte und klopfte beiden auf die Schulter. »Wie hast du dem Fahrer das Auto abgenommen, Manchu?«

»Ich hab behauptet, ich sei ein bekannter Geiger und hätte eine Stradivari am Bahnhof eingeschlossen«, sagte er. »Ich hab ihm den Schlüssel zu einem Schließfach gezeigt.«

»Und wie bist du an seinen Autoschlüssel rangekommen?«

»Beim Verabschieden ist er extra aus dem Wagen ausgestiegen, hat mich umarmt und war so darauf konzentriert, mir den Schließfachschlüssel zu klauen, dass ich ihm den Autoschlüssel gemopst habe.« Manchu Fu lächelte. »Am Ende waren wir beide erfolgreich. Ich hab sein Auto und er das Fach mit meiner Schmutzwäsche. Aber bevor er das herausfindet, muss er erst mal meine ganzen Nachgebühren zahlen.« Er lächelte erneut. »Was nicht leicht wird, denn seinen Geldbeutel hab ich ihm auch noch geklaut.«

Er öffnete ihn, und ich sah darin ein Foto, das mir sehr bekannt vorkam.

Denn es war von Stephen.

»Der hat unsere Hunde geklaut!«, rief Christine.

»Und mein Herz«, sagte ich, doch es tat schon gar nicht mehr so weh.

»Verdammt«, sagte Manchu. »Der Tank ist gleich leer. Verfluchter Spritschlucker!«

Wir tankten, was trotz der horrenden Kosten dank Stephens prall gefülltem Geldbeutel kein Problem war, und fuhren auf die Autobahn in Richtung Peking.

Nach gefühlten fünfzig Kilometern tankten wir schon wieder.

»Wo fahren wir eigentlich hin?«, wollte ich wissen.

»Lasst euch überraschen«, antwortete Manchu. »Es ist ein

sicherer Ort, an dem man euch nicht mehr verfolgen wird.«

»Wie viele Tankstopps rechnest du dafür ein?«, fragte ich.

Manchu zuckte mit den Schultern. »Hundert?«

»Warum klauen wir keinen Elektrowagen?«, hakte ich nach.

»Dann kommst du zwar vierhundert Kilometer weit, stehst dafür aber acht Stunden an der Ladesäule.«

In dem Moment raste ein Hochgeschwindigkeitszug an uns vorbei, was sich anfühlte, als stünden wir direkt neben einer Startbahn.

»Vorsprung durch Technik«, sagte ich, und die anderen nickten.

Manchu rieb sich die Stirn. »Es ist ohnehin keine gute Idee, mit einem geklauten Auto die Grenze zu passieren. In China wird jedes Kennzeichen, jedes Gesicht und jeder Pups elektronisch erfasst.«

Wir fuhren zum nächsten Bahnhof, parkten dort und sagten dem SUV Auf Nimmerwiedersehen. Allerdings nicht bevor Hugo und Brunhilde je ein ordentliches Häufchen auf dem Fahrersitz des Wagens hinterlassen hatten.

Wobei ich einem kleinen Dackel niemals ein so großes …

*Du schweifst schon wieder ab. Das will niemand lesen, schon gar nicht in einem Liebesroman.*
*Christine*

*Na ja, es gibt auch Liebende, die stehen auf solche Sachen. Ich sag nur Kaviar und Natursekt.*
*Tomasa*
*Schnauze!*
*Christine*

In der riesigen Schalterhalle kaufte Manchu Bahntickets,

sagte uns aber immer noch nicht, wo es hinging.

Wir stiegen in den Zug, der nur in Chinesisch angeschrieben war, und setzten uns im Großraumwagen in eine Viererecke.

»Jetzt mal im Ernst«, meinte Christine, als der Zug gerade losfuhr. Sie warf Manchu einen tiefen Blick zu. »Warum bist du gekommen, doch nicht allein, um uns zu helfen?«

Manchu schaute sie erstaunt an – und dann wurde er ganz rot.

*Ich glaube, dass jeder Satz tiefgründig erscheint,*
*wenn man den Namen eines tollen Philosophen darunterschreibt.*
*Platon*
Banksy, britischer Streetartkünstler

## 38 Hochgeschwindigkeitszug, 8. November

»Wir fahren übrigens nach Hongkong«, sagte Manchu, obwohl Christine etwas ganz anderes gefragt hatte. Als hätte er sich die Ablenkungstaktik von Donald Trump abgeschaut.

*Das ist keine Ablenkungstaktik, das ist Alzheimer im fortgeschrittenen Stadium. Also natürlich nur bei euch, nicht bei mir. Wirklich unfair!*
*Donald Trump*

»Warum ausgerechnet Hongkong?«, wollte Christine wissen.

»Es ist eine tolle Stadt«, antwortete Manchu. »Im weltberühmten Hotel *Penninsula* hat man in den Zwanzigerjahren des letzten Jahrhunderts neue Standards in Sachen Luxus gesetzt, so wurden die Küchenabfälle mit Eis gekühlt, damit sie nicht so stinken.«

»Toll.« Christine verzog angewidert das Gesicht. »Aber was ist mit den ganzen Unruhen dort und den Protesten?«

Ich schüttelte den Kopf. »Du meinst, die Lösung ist, da gar nicht mehr hinzufahren und die Einwohner im Stich zu lassen?«

Manchu nickte. »Tomasa hat recht. Außerdem wird dort euer chinesischer Haftbefehl niemanden interessieren, jedenfalls wenn ihr Glück habt und ein wenig loses Geld.«

Christine seufzte. »Purwien und Kowa, die Kämpfer für Demokratie – und Bestechung.«

»Du hast Scheinheiligkeit vergessen«, sagte ich. »Das ist der USP des Westens, unser wichtigster Wert. Den halten wir schon seit Jahrtausenden hoch, unermüdlich. Erfunden von der katholischen Kirche, vom Westen perfektioniert.«

»In der Kirche gibt es immer noch so etwas wie Nächstenliebe«, entgegnete Christine.

»Wenn ein Christ seinem Nächsten hilft, dann nur, um einen besseren Platz im Himmel zu bekommen«, gab ich zurück. »Wenn ein Atheist das hingegen macht, dann aus purem Altruismus.«

»Oder weil er hofft, dass derjenige, dem er hilft, bald unermesslich reich sein wird und sich revanchiert«, konterte sie. »Ist wie Lottospielen.«

»Obwohl wir selbst in der Vergangenheit jeden Fehler mehrfach gemacht haben, und heute auch, glauben wir, den anderen Ländern sagen zu müssen, was sie zu tun haben.« Ich schüttelte den Kopf. »Das hat man bei Griechenland gesehen, das Land ist in den letzten zweihundert Jahren einmal weniger pleitegegangen als Deutschland, und trotzdem müssen sie sich von uns sagen lassen, wie es zu retten ist. Das hat zwar alles überhaupt nicht funktioniert, aber wir tun jetzt einfach so, als wäre das Problem erledigt, Scheinheiligkeit eben.« Ich schnaufte kurz durch, denn ich war nicht fertig. »Oder Greta. Die wird ja nur deswegen so angegriffen, weil sie uns Scheinheiligkeit vorwirft. Das wäre so, als würdest du einem Bären vorwerfen, dass er Lachse frisst. Selbstverständlich wehrt er sich gegen den Vorwurf. Was soll er machen? Es ist das Wesen seiner Art, Lachse zu fressen.«

»Du meinst, wir Menschen sind von Natur aus scheinheilig?«, fragte Manchu.

»Klar, das fängt schon bei der Geburt an«, bestätigte ich.

»Da kommt ein mit Blut und Schlabber verklebtes Kind aus der Frau, das, um durch den Geburtskanal zu passen, seinen Schädel deformiert hat, es sieht im Grunde aus wie ein Nacktmull, und alle sagen, was für ein hübsches Kind. Frisch geborene Kinder haben nicht umsonst tragende Rollen in Horrorfilmen.«

»Und mit all den Erkenntnissen bringen wir jetzt Hongkong die Demokratie?«

»Natürlich machen wir das, Christine«, sagte ich. »Genauso wie die Briten. Die haben die Insel bloß bekommen, weil sie einen Krieg geführt haben, um in China ungehindert Drogen verkaufen zu können. Und kaum waren sie die Herrscher über Hongkong, haben sie sofort die Demokratie dort eingeführt. Nicht.«

*Die Kriege nennt man übrigens »Opiumkriege«. Es gab gleich zwei davon, lohnt sich mal, bei Wikipedia nachzulesen, wenn der Westen wieder meint, andere Völker belehren zu müssen. Christine*

»Die neuen Besetzer haben den Einwohnern Hongkongs nicht mal das britische Bürgerrecht gegeben, und wählen durften sie ebenfalls nicht«, fuhr ich fort. »Aber jetzt kann man natürlich lässig Demokratie fordern, wenn man sie nicht selbst umsetzen muss.«

»Bist du etwa gegen Demokratie?«, wunderte sich Manchu.

»Nein, ich bin gegen Scheinheiligkeit. Zumindest bei anderen.«

»Schön, dann wäre das ja geklärt.« Manchu lehnte sich in seinem Sitz zurück.

»Du hast die Frage nicht beantwortet«, sagte Christine.

»Wir haben das Thema nun wirklich ausführlich erörtert«,

entgegnete er. »Den Hongkong-Chinesen wird niemand helfen, weil ...«

»Ich meinte die Frage, warum du in die Wüste gekommen bist, um uns zu retten.«

Manchu lief wieder rot an. »Wie war das noch mal mit der Nächstenliebe?«

Christine machte eine wegwerfende Handbewegung. »Wir gewinnen nicht im Lotto, und reich werden wir auch nie sein, erfolgreich schon gar nicht.« Sie fixierte ihn mit einem tiefen Blick. »Also weswegen?«

Er schaute unsicher auf den Boden. »Ich konnte euch nicht vergessen.« Er hob den Blick. »Also dich.«

Sie lächelte, sagte jedoch nichts.

»Außerdem habe ich fünf Kilo abgenommen.«

Christine zuckte mit den Schultern. »Dummerweise habe ich inzwischen gelernt, dass mich eine Freundschaft plus nicht glücklich macht.«

*Männer – man kann nicht mit ihnen leben,*
*aber ohne sie funktionieren so viele Stellungen nicht.*
Pamela Anderson, vorbildliche Rettungsschwimmerin,
die ihre Rettungsbojen immer dabei hat

## 39 Hochgeschwindigkeitszug, 8. November

Im nächsten Moment küssten sich Christine und Manchu so intensiv, dass ich froh war, nicht mehr im SUV zu sitzen, sonst hätte Manchu zweifellos die Kontrolle über den Wagen verloren.

Andererseits wäre es dort nicht so auffällig gewesen, die Kleider auszuziehen.

»Gibt es neben dem Mile High Club eigentlich auch einen für Hochgeschwindigkeitszüge?«, fragte ich.

Keine Reaktion der beiden, jedenfalls nicht auf mich, sondern nur aufeinander.

»Auf der Zugtoilette ist bestimmt mehr Platz als im Flugzeug, vielleicht gibt es sogar ein Behinderten-WC«, winkte ich dezent mit dem Gartenzaun.

Die anderen Passagiere waren längst auf das Tête-à-Tête aufmerksam geworden und hatten ihre Handys gezückt, wahrscheinlich wurde die Zusammenkunft schon live im chinesischen Internet gestreamt.

»Man könnte euch erkennen und unsere Flucht stoppen«, sagte ich.

Endlich gingen die beiden auf eine Toilette, unter dem Beifall einiger Anwesenden.

Ich bekam von einigen der Männer, die eben noch ihr Handy gezückt hatten, ein paar Angebote für eine Freundschaft plus und lehnte dankend ab.

Einer redete auf Englisch sogar von der großen Liebe,

schwärmte von mir, meinte, ich sei seine absolute Traumfrau, er sei total romantisch.

Ich lachte ihn aus, doch eigentlich lachte ich über mein früheres Ich.

Wir fuhren weiter und passierten chinesische Millionenstädte, von denen ich noch nie gehört hatte.

Zum Glück gab es im Zug mehrere Toiletten, die im Gegensatz zur Deutschen Bahn alle funktionierten, sodass es nicht weiter schlimm war, dass Manchu und Christine erst nach mehreren Stunden zurückkehrten.

Sie setzten sich mir gegenüber, blickten sich verliebt an, was ich bei Christine bisher nie gesehen hatte, und ohne ein Wort zu sagen, standen sie wieder auf und gingen erneut in ihr Separee.

Ich zuckte mit den Schultern und schloss die Augen.

Alles, was wir erlebt hatten, war auf einmal unendlich weit weg.

Das blieb exakt bis zu dem Moment so, bis wir am Morgen kurz vor Hongkong waren und Manchu und Christine zurückkehrten.

Allerdings sahen sie alles andere als glücklich aus.

Hatten sie sich schon zerstritten?

Oder lag es an dem Polizisten, der hinter ihnen stand, ganz arg böse dreinblickte und Christine Handschellen anlegte?

Ich fragte mich gerade, wie viele Jahre Gefängnis es in China wegen Geschlechtsverkehr während des Zugverkehrs gab, als sich der Polizist meinen Pass zeigen ließ.

Ich reichte ihm den Ausweis, war froh, dass ich den niederen Trieben nicht nachgegeben hatte, und dann legte er auch mir Handschellen an.

Er sagte irgendetwas auf Chinesisch, das wir natürlich nicht verstanden.

Ich blickte Manchu fragend an.

»Ihr seid verhaftet«, übersetzte er. »Wegen Flucht aus einem Staatsgefängnis.«

*Jeder hat einen Plan – bis er eins auf die Fresse bekommt.*
Mike Tyson, ehemaliger Schwergewichtsweltmeister im Boxen und
Ohrfetischist

## 40 Hongkong, 9. November

Unser Zug fuhr in den Bahnhof von Hongkong ein, und
wir wurden in eine grüne Minna verfrachtet, die hier blau
war. Manchu hingegen ließen die Polizisten samt den
Hunden laufen, also wussten sie wahrscheinlich nicht, wer
Stephens SUV gestohlen hatte.

Wir wurden zu einem Gebäude gefahren, in dem die Bank
of China untergebracht war.

Hielt man uns für Ausbruchskönige und wollte das Sicher-
heitssystem testen?

Oder war die hiesige Polizei der Bank untergeordnet?

*Das kenne ich sonst nur aus der Schweiz, in der die Banken
über dem Gesetz stehen.*
*Christine*

*Für mich und meine Immobilienfirma gilt das aber auch.*
*Sehr Fair!*
*Donald Trump*

Wir fuhren mit dem Aufzug in irgendein Stockwerk,
liefen einen Gang entlang, und dann schaute ich zweimal
hin. Wenn ich nicht spontan an Farbenblindheit erkrankt
war, hing dort tatsächlich an einer Wand die deutsche Flagge.

Außer jemand hatte die von Belgien falsch herum auf-
gehängt.

*Dann würde sie trotzdem anders aussehen, denn die deutsche Flagge ist schwarz-rot-gold, die belgische dagegen schwarz-gelb-rot, außerdem in anderer Reihenfolge angeordnet, vom unterschiedlichen Format mal ganz abgesehen.*
*Christine*

*Verdammte Korinthenkackerin.*
*Tomasa*

*Ich bin nun mal der Wahrheit verpflichtet. Außer es geht um den Inhalt meines Koffers, der jetzt ohnehin irgendwo in Shanghai liegt. Mögen die einheimischen Frauen und gewisse Männer ihre Freude daran haben.*
*Christine*

Wir wurden in ein Zimmer geführt, in dem ein alter weißer Mann hockte. Also kein Rentner, sondern einer dieser sabbernden Sechziger, die vor vierzig Jahren vielleicht mal einen Schlag bei Frauen gehabt hatten, heute jedoch nur noch einen auf den Hinterkopf verdienen.

»Da sind ja unsere Damen«, sagte er überheblich. »Sie haben die Gastfreundschaft unserer chinesischen Freunde ganz schön strapaziert.«

Ich habe Menschen noch nie getraut, die einen als Freund ansprachen, wenn man sich nicht mal kannte, und so verhielt es sich auch hier.

»Wir sind bestohlen und betrogen worden und haben unschuldige Hunde befreit«, entgegnete ich. »Außerdem haben wir ein paar Aufseher glücklich gemacht und mitgeholfen, die neue Seidenstraße zu bauen.«

»Das Hundefestival in Yulin ist nicht illegal«, erwiderte der Mann, der sich uns immer noch nicht vorgestellt hatte. »Andererseits haben unsere chinesischen Freunde kein

Interesse an einer breiten Berichterstattung über Ihre Verhaftung und die Gründe, die dazu geführt haben, deswegen kommen wir vom deutschen Generalkonsulat ins Spiel.« Er deutete auf sich. »Also genauer ich, der Vizeassistent des Generalkonsuls.« Er sagte das mit einem Stolz, als wäre er der Kaiser von China, und blickte sogleich aus dem Fenster, als würde er auf sein Reich schauen.

Typischer Fall einer abgehobenen Beamtenlaufbahn.

»Es ist ein besonderer Vertrauensbeweis der chinesischen Führung, dass wir uns in der Bank of China einmieten durften«, fuhr er fort. » Denn unsere Handelsbeziehungen sind hervorragend. Und das soll so bleiben.« Er ging zurück zu seinem Schreibtisch, kramte darin herum und reichte uns zwei Flugtickets. »Sie werden morgen Hongkong per Direktflug verlassen, außerdem gibt es eine lebenslange Einreisesperre nach China.« Er lächelte. »Im Gegenzug wird die Anklage gegen Sie fallen gelassen, und Sie verpflichten sich, nicht über die Vorkommnisse zu berichten.«

»Ich bin Schriftstellerin«, sagte ich. »Das kommt einem Berufsverbot gleich.«

Er schüttelte den Kopf. »Ich habe mir Ihre bisherigen Werke angesehen. Es ist nicht gerade so, als hätte van Gogh seinen Pinsel verloren oder als hätte man Messi den linken Fuß amputiert …«

»Ich hab's verstanden!«, rief ich. »Aber ich verstehe den Sinn nicht. Ich bin keine Reporterin, die alles eins zu eins wiedergibt.«

*Das kann ich bestätigen. Das meiste hier ist dermaßen schamlos erstunken und erlogen, dass es mich nicht wundern würde, wenn Tomasa irgendwann mal in einem Genfer Hotel in einer Badewanne landet.*
*Christine*

»Ich werde mir Ihre nächsten Bücher ganz genau durch-
lesen«, gab der Vizeassistent zurück. »Und die Chinesen
sicher auch.«

»Dann würde ich mich über eine Rezension sehr freuen«,
meinte ich. »Das hilft immer bei den Verkäufen.«

»Ich glaube, Sie haben den Ernst der Lage nicht verstanden.« Der Vizeassi erhob sich. »Sie schreiben gar nichts
über das, was in China geschehen ist.«

»Gibt es in Deutschland nicht die Meinungsfreiheit?«,
fragte ich.

»Klar, Einigkeit und Recht und Freizeit.« Er lachte so laut,
dass ich ihm am liebsten das Grundgesetz ins Maul gestopft
hätte.

»Nein, im Ernst«, sagte er und räusperte sich. »Wir haben
sehr gute Beziehungen zu China, und die werden wir nicht
wegen zwei dahergelaufenen Schriftstellerinnen aufs Spiel
setzen.« Er betonte »Schriftstellerinnen« so, als wäre das ein
Schimpfwort.

»Wir sind auch noch Musikerinnen«, redete ich weiter.

»Dann machen Sie bitte auch kein Lied über China.«

»Und was ist Ihnen das wert?«, fragte Christine, die sich
die ganze Zeit über zurückgehalten hatte.

»Wie meinen Sie das?«

»Sie hatten doch gesagt, es gebe Gründe dafür, dass sich
das deutsche Generalkonsulat im Gebäude der Bank of
China eingemietet hat«, antwortete Christine. »Diese Gründe sind sicherlich finanzieller Natur, richtig?«

Der Vizeassistent nickte.

»Diese Flugtickets sind Economy.« Christine hielt die
Tickets von sich weg wie einen Streifen gebrauchtes Klo-
papier. »Ich fliege grundsätzlich nur First Class.«

Der Vizeassi tippte auf seiner Computertastatur
herum. »Dann schauen wir mal Ihren Hinflug an …

Oh, tatsächlich, First Class.« Er zuckte entschuldigend mit den Schultern. Da er offenbar vermutete, wir wären reich, sah er uns nun mit anderen Augen. »Ich werde das gleich ändern lassen, aber bitte kein Buch, okay?«

Christine nickte, er ging nebenan zu einer Sekretärin und kehrte kurz darauf mit zwei First-Class-Tickets für uns zurück.

Dabei hatte ich gar nichts versprochen.

Christine musterte ihr Ticket. »Da fehlen ja meine Hunde, die kann ich nicht in den Frachtraum stecken! Schon gar nicht nach allem, was sie erlebt haben, die sind total traumatisiert!«

Der Vizeassi seufzte lautlos. »Und Sie schreiben auch keinen Song, ja?«

Christine nickte wieder, er ging erneut nach nebenan und kam mit zwei First-Class-Tickets für Hugo und Brunhilde wieder.

Christine verzog zweifelnd das Gesicht. »Aber meinen neuen Freund, den kann ich ja kaum Economy fliegen lassen. Die Chinesen sind bestimmt froh, wenn er ausreist, er hat immer so demokratische Anwandlungen …«

»Er erhält sein Ticket.«

Der Vizeassistent wollte schon wieder zu seiner Sekretärin, doch ich hielt ihn an der Schulter fest.

»Man hat mir hier diverse Synthesizer gestohlen«, sagte ich. »Ein Original Minimoog, ein absolutes Liebhaberstück. Model A, wenn Sie wissen, was das heißt.« Ich blickte ihn zerknirscht an. »Wenn ich den nicht ersetzt bekomme, muss ich allein schon aus therapeutischen Gründen ein Buch darüber schreiben. Außerdem gibt das sonst ein Minuswachstum in meinem Portfolio, darüber muss ich dann Rechenschaft ablegen …«

Er nickte, lief wieder nach nebenan, reichte schließlich Christine ein weiteres Ticket und mir einen Scheck. »Wenn wir nicht gerade wichtige Handelsverträge verhandeln würden, dann würde ich nicht so zuvorkommend mit Ihnen umgehen, ist das klar?«

»Natürlich«, erwiderte ich, blickte auf den Scheck und musste aufpassen, dass mir nicht die Eurozeichen in die Auen stiegen. »Aber jetzt mal unter uns, wenn wir in dem Buch gar nicht selbst auftreten, sondern, ich sage mal, zwei unbedarfte Männer nehmen, die das angeblich alles erlebt haben, ist das doch pure Fiktion, oder?«

Der Konsulatsmitarbeiter knirschte mit den Zähnen wie ein Krokodil nach dem Verspeisen eines Dentalhygienikers samt Labor.

»Wir bauen auch extra ein paar völlig implausible Wendungen ein«, fuhr ich fort. »Buddha hat unser Geschlecht umgewandelt, er ist eine Frau, ich mach uns zehn Jahre jünger, unser Dackel kommentiert das Buch, wir geben ein umjubeltes Konzert, dann können Sie nichts dagegen machen, dann ist das ein Fantasyroman. Wie Harry Potter, nur ohne Zauberstab.«

»Sie haben versprochen, kein Buch zu schreiben!«

»Ich habe das nicht versprochen«, sagte ich und deutete auf Christine. »Das war sie.«

Er musterte mich und schien zu dem Schluss zu gelangen, dass meine bisherigen Bücher dem Hobby einer gelangweilten Ehegrau entsprungen waren.

*Das ist übrigens kein Rechtschreibfehler. Eine Ehegrau ist eine Ehefrau, die ihre eigenen Bedürfnisse stets für den Ehetyrann zurückgestellt hat, bis von ihr nicht viel mehr übrig ist als ein Schatten ihrer selbst.*
*Christine*

»Ich schreibe das nur, um mir den Therapeuten zu sparen«, sagte ich. »Das Buch wird ohnehin kein Erfolg.« Ich legte eine kleine, aber bedeutsame Pause ein. »Es sei denn, Sie oder die Chinesen machen einen daraus, weil Sie gegen das Buch klagen.« Ich stand auf. »So, wir gehen jetzt, verbringen noch einen schönen Abend in Hongkong, und morgen früh sehen wir uns am Flughafen.«

Er nickte. »Das will ich hoffen.«

»Keine Angst«, erwiderte ich. »Uns zieht es gar nicht mehr nach Asien. Das nächste Mal machen wir wieder Urlaub im Harz.«

*In der Kunst ist es anders als beim Fußballspiel.*
*In Abseitsstellung erzielt man die meisten Treffer.*
Salvador Dali, Ex-Partner von Amanda Lear

## 41 Hongkong, 9. November

Das also sollte unser letzter Abend in China sein, wir standen an der Avenue of Stars und blickten in den Abendhimmel.

Sterne sah man trotzdem keine, denn die Lasershow, die jeden Abend punkt acht Uhr in Hongkong gezeigt wird, ließ keinen Platz für nichtirdische Lichter.

Wir waren tagsüber ein wenig shoppen gewesen, hatten die Häftlingsuniformen ersetzt und mein Handy. Zusätzlich hatten wir einen einfachen Synthesizer gekauft, ein goldfarbenes, blinkendes Mikrofon aus Plastik, ein Minimischpult, ein paar Boxen und mehrere Kabel, denn drahtlos kann man zwar heutzutage gut im Internet surfen – es sei denn, man befindet sich neben einer Milchkanne in Deutschland –, aber Musik machen, das kann man drahtlos nach wie vor nicht.

Das Ganze hatte weniger als ein Zehntel meines Schecks gekostet, doch noch waren wir ja nicht daheim, und ich kannte uns gut genug, um zu wissen, was da noch alles schiefgehen konnte.

Schon vibrierte mein neues Handy, jemand hatte mir eine Nachricht per WhatsApp gesendet. Offensichtlich hatte das mit der Rufnummernübernahme geklappt, wahrscheinlich eine Bestätigung.

Die war zwar auch da, dazu eine Nachricht von Stephen, ausgerechnet.

Ich öffnete die Nachricht und las.

*Tomasa, es tut mir leid, ich habe jetzt erst erkannt, dass du meine große Liebe bist. Bitte komm zu mir zurück!*

*P. S. Weißt du, wo mein Auto ist?*

Ich lachte und tippte eine Antwort.

*Hallo Stephen, du hast ein Rückgrat wie eine Salzstange. Sag deinem Vater endlich, dass du auf Männer stehst, und leb dein Leben, ohne andere zu betrügen.*

*P. S. Einen pinkfarbenen Elektrosmart würdest du in China wahrscheinlich einfacher wiederfinden als deinen schwarzen SUV.*

Stephen hatte inzwischen weitergeschrieben, ohne die Antwort abzuwarten, normalerweise machten das nur Frauen oder Männer mit großen Problemen.

*Außerdem vermisst mein Vater Brunhilde. Er glaubt, ich hätte sie erneut entführt. Wenn ich ihm den Dobermann nicht heute bringe, muss ich bei der neuen Seidenstraße in den Bautrupp. In Handschnellen, also bitte …*

Ich drückte die Nachricht weg, wollte Stephen erst blockieren, dann fand ich, dass seine Bettelei der schönste Sieg war.

Es gab jetzt ohnehin Wichtigeres, wir waren nämlich bereit für unser Konzert.

Wir standen allerdings nicht in einem Konzertsaal oder Klub, sondern am Hafen. Es existierte nicht mal eine Bühne, doch am Ende kam es nicht darauf an, was man geplant hatte, sondern was man daraus machte.

*So fand das legendäre Woodstock-Festival gar nicht in Woodstock statt, sondern wegen Anwohnerprotesten im vierzig Meilen entfernten Bethel. Hätte man damals schon verlässliche Wettervorhersagen gehabt, wäre das Festival bestimmt wegen Dauerregen abgesagt worden.*

*Christine*

*Verlässliche Wettervorhersagen gibt es heute übrigens immer*
*noch nicht, egal was die Wetter-App behauptet.*
*Tomasa*

Die Lasershow endete, Manchu trat nach vorn und
kündigte uns auf Chinesisch an.

*Für die Korinthenkacker unter euch, das tat er selbstverständ-*
*lich in Kantonesisch, wie man es in Hongkong spricht, wäh-*
*rend sich der Großteil des Landes im Pekinger Dialekt Man-*
*darin unterhält.*
*Christine*

Die ersten Passanten blieben stehen und schauten uns
interessiert an. Am Ende rief Manchu »From Ludwigshafen
to the world!«, und wir begannen mit einer Coverversion des
Iggy-Pop-Klassikers *The Passenger*.

*Dessen Refrain besticht übrigens mit dem besten Text, der je*
*geschrieben worden ist.*
*Christine*

Noch mehr Leute blieben stehen, einige holten ihr Handy
hervor und filmten uns.
   Bald schon hatten wir mehr Publikum als bei manchem
Konzert in der Heimat.
   Für einen Fan ist eine Band schließlich wie die erste Freundin, selbst nach dreißig Jahren soll sie ihm immer treu bleiben, wie siebzehn aussehen und natürlich genauso geil sein.
   Im Grunde wollen Fans immer das Gleiche und doch anders. Aber eben bloß ein bisschen.
   Änderte man als Musiker den Stil, wurde moderner oder
besann man sich zur Unzeit auf alte Zeiten, enttäuschte man

unweigerlich seine Fans. Und wenn die einmal enttäuscht waren, kamen sie nur bei einem Geniestreich zurück, das Feuer, das in ihnen für einen brannte, das war allerdings für immer aus.

Als Musiker möchte man sich immer weiterentwickeln, den nächsten Schritt gehen. Dummerweise stellt man sich damit auf eine Stufe mit rammdösigen Fußballprofis, die gerne zweihundert Prozent geben. Bis man das verstanden hat, ist die halbe Karriere vorbei.

Zur Kunst gehört nämlich nicht allein, was man macht, sondern auch, was man nicht macht.

Die Auslassung an sich ist bereits Kunst.

Dabei half nur ein kompletter Reset, alle Einstellungen auf null und von vorn beginnen.

Da uns hier niemand kannte, war es ein echter Neustart, ohne die alten Beinahhits, ohne Rücksichtnahme auf die Vergangenheit.

Und so spielten wir ausschließlich Songs unseres neuen Albums *Vier*, das wir ein paar Wochen zuvor in Dortmund zusammengekloppt hatten.

Jeder Titel kam phänomenal an.

Für unsere Verhältnisse zumindest.

Niemand warf Tomaten, auch Wassermelonen habe ich im Gegensatz zu sonst nicht gesehen.

Stattdessen wurde geklatscht, gejubelt und weiter gefilmt.

Obwohl unsere Songs wie frisch aus den Achtzigern klangen und ein Teil unseres Publikums da noch gar nicht geboren war.

*Kein Wunder, die Achtziger-Nostalgiewelle dauert mittlerweile länger an als die Achtziger selbst.*
*Christine*

Aber das war uns alles egal, denn wir spielten nur das, was uns persönlich gefiel.

Ob es dem Publikum passte oder nicht.

Und momentan gefiel es ihnen.

Doch das war nicht so wichtig, entscheidend war allein, wir waren trotz aller Irrwege dort, wo wir immer sein wollten.

Auf der Bühne.

Nur das zählte.

*Liebe ist die Antwort, aber während man auf sie wartet,*
*stellt der Sex ein paar ganz gute Fragen.*
Woody Allen, amerikanischer Schauspieler und Regisseur,
der in seinem Leben ziemlich viele Fragen gestellt hat,
darunter höchst unanständige.

## 42 Hongkong, 9. November

Irgendwann war selbst dieses Konzert zu Ende, und wir verabschiedeten uns unter tosendem Applaus.

Okay, vielleicht haben die Wellen hinter uns zusätzlich getost, man lebt eben viel glücklicher, wenn man jede
Möglichkeit zum Selbstbetrug nutzt.

Viele fragten nach Autogrammen, und leider hatten wir keine CDs dabei, da die in unseren Koffern gewesen waren, ansonsten hätten wir locker den weltweiten
CD-Umsatz verdoppeln können.

*Also den weltweiten Umsatz unserer CDs, natürlich nicht*
*jener der gesamten Musikbranche.*
*Christine*

*Wobei der auch nicht mehr so toll ist, denn man merke:*
*Erst wenn der letzte Künstler bei einem Onlinelabel unter-*
*schrieben hat,*
*erst wenn die letzte CD das Presswerk verlassen hat,*
*erst wenn die letzte Plattenfirma pleitegegangen ist,*
*erst dann werdet ihr feststellen, dass man mit einem Smart-*
*phone nicht die Windschutzschreibe freikratzen kann.*
*Tomasa*

Manchu war total begeistert, er schwärmte von uns, als

wären wir Kraftwerk, Depeche Mode und die Münchner Freiheit in Personalunion, was wir selbstverständlich ablehnten, denn schon die optische Vorstellung dieses Konglomerats war eine Katastrophe.

*Das liegt nicht unbedingt an Kraftwerk und Depeche Mode.*
*Christine*

Doch Manchu ließ sich nicht davon abbringen. »Ich weiß es genau. Diese Nacht ist euer Durchbruch.«

*Bevor jemand über Nacht erfolgreich ist, vergehen meist fünfzehn Jahre.*
*Christine*

Nach dem Konzert stellte ich zum ersten Mal in meinem Leben fest, dass es auch männliche Groupies gab, jedenfalls genehmigte ich mir zwei davon in einer stillen Ecke des Hafens zum Dessert.

*Ich hingegen war vollauf mit Manchu beschäftigt. Es ist ein klarer Vorteil, nicht jedem Mann aufs Neue meine Vorlieben im Bett erklären zu müssen. In deren Erfüllung wurde er zudem immer besser, denn Übung macht den Meister.*
*Christine*

*In der Fußballbundesliga ist es nicht so sehr die Übung, sondern vor allem das Geld.*
*Tomasa*

*Wen soll das, bitte schön, in einem romantischen Frauenroman interessieren?*
*Christine*

*Alle Frauen, die nicht an Geschlechterklischees interessiert sind, sondern ihr eigenes Ding machen.*
*Tomasa*

*Okay, Punkt für dich, aber jetzt habe ich keine Zeit mehr zum Kommentieren, Manchu verlangt nach mir. Oder besser gesagt, mich. Und ich ihn.*
*Christine*

Tja, Christine hatte ihre große Liebe gefunden, was mich ehrlich für sie freute. Andererseits wusste ich inzwischen, dass Liebe nichts anderes war, als sich bereit zu erklären, dem anderen beim körperlichen Zerfallsprozess zuzuschauen.

Das konnte in meinem Fall noch ein wenig warten.

Doch eines war wie immer, am Ende hatten weder Christine noch ich bekommen, was wir gewollt hatten.

Weil es das Falsche gewesen war.

Jetzt blieb uns nur, nach Hause zu fliegen, uns auf den Nachwuchs zu freuen und Wetten darüber abzuschließen, wie eine Kreuzung aus Rauhaardackel und Dobermann aussah.

Wir packten zusammen und gingen in jenes Luxushotel, das den Müll schon vor hundert Jahren auf Eis gelagert hatte. Das hatte der Vizeassi ebenfalls für uns bezahlt.

An der Bar tranken wir einen Prosecco auf die deutsch-chinesischen Beziehungen und begaben uns nach oben.

Als ich schon mein Zimmer aufschließen wollte, hielt mich Christine zurück.

»Danke für alles.«

»Keine Ursache, habe es wegen mir gemacht.«

»Und ich wegen mir. So ist an jeden gedacht.« Sie grinste. »Ich kann es nicht glauben, aber ich freue mich echt auf den Flug morgen.«

»Weil du endlich First Class fliegen kannst?«

Sie schüttelte den Kopf. »Ein Langstreckenflug ist der perfekte Ort, um ein Konzert zu geben. Zwölf Stunden Flug und niemand kann weg!«

Ich musste lachen, plötzlich kam mir ein Gedanke, er war so absurd, dass ich ihn direkt aussprechen musste. »Meinst du, als Männer hätten wir das Abenteuer hier auch überlebt?«

»Wahrscheinlich«, antwortete sie. »Aber wir hätten es nie durchgestanden und wären irgendwann gescheitert.«

»Wie meinst du das?«

»Na, denk nur mal daran, wie du dem Aufseher sexuelle Gefälligkeiten angeboten ...«

Ich hob die Hand, damit sie nicht weiterredete. Schließlich war alles gut, so wie es war. »Ich hab's verstanden. Wir Frauen sind halt doch die Besten.«


*Habt ihr da nicht etwas vergessen? Die Welt ist noch genauso beschissen wie zuvor!*
*Gott*


*Und wer hat die Welt erschaffen? Ich jedenfalls nicht!*
*Ich habe jedoch eine Idee, wie ich sie schlagartig besser machen könnte. Schließlich habe ich es schon mal getan.*
*Buddhine*


*Hey, warum ist plötzlich mein Hirn weg, äh, ich meine, mein Hodensack! Und warum fühle ich mich trotzdem schlauer? Nicht fair!*
*Donaldine Trump*

# Werbung, Danksagung und Publikumsbeschimpfung

Hört das denn nie auf?

Doch, wahrscheinlich habt ihr jetzt erst mal eine Weile Ruhe vor uns, bevor wir uns dann in der Hölle wiedersehen.

Vorher müsst ihr aber unbedingt noch in Vier reinhören, denn wir waren schon zum dritten Mal so bekloppt, nicht nur ein Buch zu schreiben, sondern parallel dazu ein Album aufzunehmen.

Wer auf Musik aus den Achtzigerjahren steht und das Album nicht anhört, ist selbst schuld.

Alle anderen auch, denn ihr müsst dringend an eurem Musikgeschmack arbeiten!

Ihr findet die CD Vier hier: https://purwienkowa.bandcamp.com.

Wenn ihr erst mal hören wollt, wie das Ganze klingt, sendet uns eine E-Mail an christian@purwienundkowa.com mit dem Betreff »Silence«, und wir senden euch kostenlos ein Stück des Albums zu.

Damit ihr uns glaubt, dass wir in China waren, haben wir dort diverse Musikvideos aufgenommen. Okay, ein paarmal stand die Kamera an anderen schönen Orten dieser Welt. Wie wir inzwischen wissen, muss das kein Nachteil sein.

Ihr findet die Musikvideos alle auf unserem YouTube-Kanal: https://www.youtube.com/channel/UCza08zmybbRk-M2tRvCcwemQ

*Viel Spaß beim Abtippen. Oder gebt »Purwien und Kowa« bei YouTube ein, dann landet ihr auf unserem Kanal. Wer den abonniert wird stets über den heißesten Scheiß von uns informiert.*
*Christine*

So, genug der Werbung, kommen wir zu den Danksagungen.

Dieses Mal danken wir einfach niemandem.

Okay, doch, eines muss unbedingt sein, und zwar danken wir unserer fantastischen Lektorin Nadine Buranaseda von typo18, die neben den fachlichen Kompetenzen auch über die musikalischen verfügt und über alle anderen sowieso.

Und natürlich Jackie, unserem phänomenalen Portier in Hongkong.

So, das hätten wir erledigt, kommen wir zur Publikumsbeschimpfung: Wenn ihr dieses Buch illegal im Internet heruntergeladen habt, können wir euch nur empfehlen, das nächste Mal etwas Sinnvolles zu klauen.

Wie wäre es mit ein paar Millionen von einem dieser Milliardäre, die auf unser aller Kosten in Saus und Braus leben?

Davor hätten wir Respekt, aber nicht davor, Künstler zu beklauen, die ohnehin schon unter Mindestlohn arbeiten.

*Das gilt jetzt vielleicht nicht für uns, denn »Arbeit« kann man das, was wir hier tun, kaum nennen, dagegen für alle anderen da draußen, die vom Schreiben leben wollen oder müssen.*
*Christine*

Falls ihr allerdings ehrlich seid und außerdem zu den lobenswerten Menschen gehört, die tatsächlich oder wenigstens innerlich jung geblieben sind und nach wir vor auf Konzerte gehen, würden wir uns freuen, euch live und in Farbe zu sehen.

Aber beeilt euch, denn jede Karriere geht einmal zu Ende, selbst wenn sie noch gar nicht richtig begonnen hat.

Checkt am besten http://www.purwienundkowa.com für unsere aktuellen Tourtermine.

Falls ihr zu faul zum Nachschauen seid, schickt eine E-Mail mit dem Betreff »Newsletter« an kontakt@thomas-kowa.de, und ihr seid immer über alle Termine, Buchveröffentlichungen und sonstigen Unsinn informiert.

Bis dahin wünschen wir euch viel Spaß mit *Tausche Ehe minus gegen Freundschaft plus* und der CD *Vier*.

Christian Purwien & Thomas Kowa

## Zu den Autoren:

**Thomas Kowa** ist Autor, Poetry-Slammer, Musikproduzent und manchmal Weltreisender. Während in seinen Thrillern fleißig gestorben werden darf, ist es ihm in seinen absurd-komischen Romanen trotz mehrfacher Versuche noch nicht gelungen, jemanden umzubringen.

**Christian Purwien** wurde bekannt als die singende Hälfte der 80s Synthpop Band Second Decay, in seinem späteren Leben war er Pommesbudenbesitzer, Gefangenentransport- und Schulbusfahrer (letzteres ist übrigens deutlich nerven-aufreibender), Chefredakteur, Plattenfirmenmanager, diplo-mierter Pleitier und Lebens- sowie Liebeskünstler.

**Purwien & Kowa Vier**

Musste das wirklich sein, dass Purwien & Kowa noch mal ein Album aufnehmen? Waren nicht die Vorgängeralben Zwei und Drei hoffnungslos darin gescheitert, die Musikweltherrschaft zu erobern? Doch wollten unsere beiden unklugen Strategen das überhaupt? Vielleicht ist ihr Plan ein ganz anderer, hört also am besten selbst rein in das Album mit dem überraschendsten Titel aller Zeiten: Vier.

Am besten hier: https://purwienkowa.bandcamp.com oder unter www.purwienundkowa.com

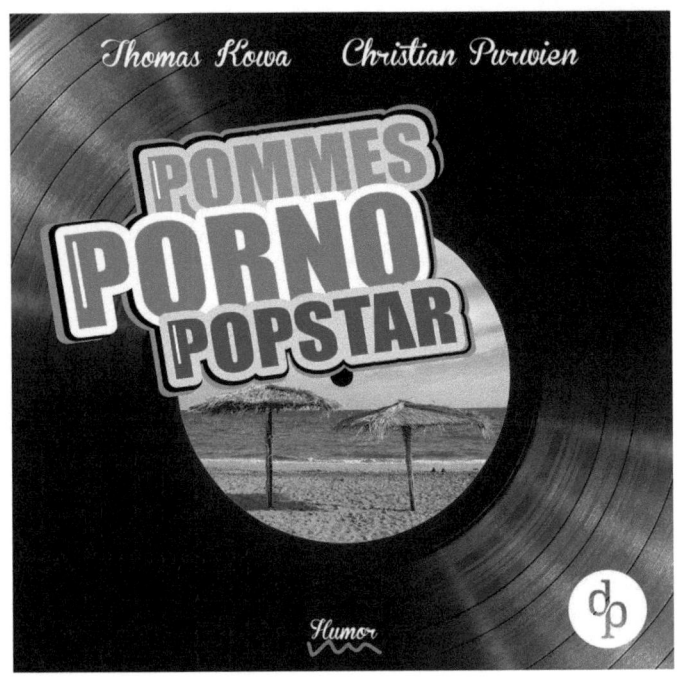

**Kein Hit. Zwei Musiker. Drei Probleme.**

Millionen haben ihre Platten nicht gekauft, Hundert-
tausende ihre Konzerte niemals besucht und jeden Abend
übernachteten dutzende Groupies weit entfernt von ihrem
Hotelzimmer. Sie sind die unerfolgreichste Band der Pop-
geschichte. Nun müssen sie innerhalb von einer Woche ein
Hitalbum schreiben, sonst werden sie von den Hells Angels
exekutiert und von der Deutschen Bank geviertelt.

ISBN Taschenbuch 978-3-96087-515-4
ISBN E-Book 978-3-96087-231-3
Auch als Hörbuch erhältlich!